2레벨로 회귀한 무신

PAPYRUS FANTASY STORY

염비 판타지 장편소설

2레벨로 회귀한 무신 19

초판 1쇄 발행 2023년 1월 26일

지은이 | 염비
발행인 | 신현호
편집장 | 이호준
편집 | 송영규 최종건 정재웅 양동훈 곽원호 조정범 강준석 최성화
편집디자인 | 한방울
영업 | 김민원

펴낸곳 | ㈜ 디앤씨미디어
등록 | 2002년 4월 25일 제20-260호
주소 | 서울시 구로구 디지털로 26길 111 JnK디지털타워 503호
전화 | 02-333-2513(대표)
팩시밀리 | 02-333-2514
E-mail | papy_dnc@dncmedia.co.kr
블로그 | blog.naver.com/gnpdl7

ISBN 979-11-364-4140-9 04810
ISBN 979-11-364-2555-3 (SET)

19

2레벨로 회귀한 무신

PAPYRUS FANTASY STORY

염비 판타지 장편소설

PAPYRUS
파피루스

1장

1장

윤세아의 얼굴에 열이 올라왔다.

비록 삼촌 성지한이 비록 관리자의 주목을 이미 끌었기에, 잠적하긴 힘들 것 같다는 이유를 댔지만.

"결국 감이 안 좋아서 안 간다는 거잖아!"

"뭐, 그렇지."

"그런 말로 내가 납득할 거 같아? 나만 도망칠 순 없어. 갈 거면 같이 가!"

윤세아는 도저히 이해할 수가 없다면서, 자기도 안 가겠다고 완강한 태도를 취했다.

하지만.

"……아니. 납득 가능한 설명이다. 이번 세계의 내가 여기까지 온 건, 무엇보다도 저 '감'이 큰 역할을 했을 테니까.”

망혼은 오히려 그런 성지한의 말에 고개를 끄덕였다.

“그게 무슨 말이야…… 요?!”

망혼에게 성지한한테 하듯이 버럭 반말하려다, 말끝을 애써 높인 윤세아.

망혼은 그런 그녀를 보고 살짝 웃으며 대답했다.

“나에겐 그간 수많은 선택의 순간이 있었다. 최적의 선택을 하지 않으면, 죽음에 이르는 것들이. 선택의 실패에 따른 죽음에는 나만 포함된 것이 아니라, 너…… 윤세아도 포함되었지.”

“나, 나도…… 요?”

“그래. 하나 이번 세계의 나는 기이할 정도로, 정답만을 택했어. 그 결과 그는 무신의 견제를 살 정도로 변수가 되었고, 윤세아 너도 살아서 강력한 플레이어가 되었지…….”

[……지한이의 ‘감’을 무시할 게 아니란 거네.]

“맞아, 거기에.”

스윽.

망혼은 성지한을 바라보았다.

“내가 인류를 위해 남겠다는 숭고한 목적으로, 행동할 리는 없거든. 저건 진짜 감이 안 좋아서가 맞다.”

“나니까 잘 아네.”

“무, 무슨 소리야. 지금까지 삼촌이 인류한테 해 준 게 얼만데.”

“기본적인 선의는 있으나, 나나 가족을 희생하면서까지 인류를 구하려는 사람은 아니다. 그렇지 않은가?”

“너무 잘 아니까 기분이 나쁠 정도군.”

성지한은 고개를 끄덕였다.

여유가 되면 당연히 돕지만, 그럴 여건이 안 되면 나와 내 사람부터 케어하는 게 먼저라고 생각했으니까.

‘내가 동방삭이나 아소카 같은 입장이었다면, 인류를 살린다고 무신의 종이 되지 않았겠지.’

성지한은 무신의 종이 된 둘을 떠올리며, 자신이었다면 그런 선택을 하지 못했을 거라고 여겼다.

윤세아는 몇 번 더, 성지한보고 탈출할 거면 같이 가자고 설득했지만.

“같이 가는 선택은 안 돼. 그건 확신할 수 있어.”

그는 요지부동이었다.

“……하아, 그놈의 감. 일단 알았어. 삼촌은 나중에 설득하고. 아빠는?”

성지한이 넘어오질 않자, 윤세아는 아버지를 거론했다.

“그러고 보니 왜 아까부터 아빠 이야긴 없어?”

“윤세진? 그놈은 못 태운다.”

“왜, 왜요?”

그러자, 망혼의 눈에서 강렬한 살기가 일어났다.

“우리의 모든 삶에서, 너는 나보다 먼저 죽었다. 그때

마다, 나는 윤세진에게 장례식에라도 오라고 연락했지만…… 그는 내 연락을 대부분 무시했지.”

“아 그때는…… 시즈루가 있어서 그런 거잖아.”

“직접 시즈루의 자택까지 찾아가긴 했지만. 거기 앞에서, 문전박대만 221회. 윤세진을 운 좋게 만나도 발길질까지 당하고 죽기 직전까지 맞은 게 142회…….”

“에, 엑…… 그 정도?”

“내가 가장 증오했던 건, 날 죽였던 동방삭이 아니라 그와 시즈루다.”

시즈루가 계속 존재했던 세계를 살았던 성지한의 망혼은.

누구보다도 그녀와 윤세진을 증오하고 있었다.

지금은 세뇌에 풀려서 정신을 차린 그라 할지라도, 도저히 용서가 안 될 정도로.

[……나는 그에 대한 감정이 이 정도까진 아니지만. 여건상 그 사람을 태우는 건 힘들어. 공허의 문을 넘기 전에는 종을 변형해야 하는데, 세아처럼 이미 좀 진행된 경우가 아니면 쉽지 않거든.]

그리고 성지아는 이에 덧붙여, 현실적으로 그를 탈출시키는 건 불가능하다고 말해 주었다.

“아니. 아빠마저 놔두고 가라고…… 이건 아니야…….

“놔두긴. 그냥 여행 간다 생각해. 이세계 간 김에 마왕 때려잡고 귀환해라.”

"이. 무슨 여행을 이세계로 가! 그냥 갈 거면 다 같이 가고, 아니면 다 같이 죽어!"

아빠랑 삼촌 다 버리고 엄마랑 도망치라고 하니, 영 거부감이 심해 보이는 윤세아.

그녀는 식탁 의자에 앉아, 팔짱을 낀 채 눈을 감았다.

이 상태에선 절대 뜻을 꺾지 않는데.

셋은 서로 눈빛을 교환했다.

'아무래도 설득은 쉽지 않겠다.'

'강제로 데려가야겠네. 내가 혈도를 짚지.'

'……이왕 그럴 거면 오래가게 해. 종족 변환도 해야 하니.'

그렇게 윤세아가 들리지 않도록, 셋이 의견을 나누다가.

종족 변환 이야기를 들은 성지한은 이에 의문을 보였다.

"……그러고 보니, 종을 바꾼다니. 인류에서 다른 종으로 아예 바꿔어야 하는 거야?"

[응. 인류종은 공허의 문을 넘을 수 없으니까.]

"왜?"

[인류종을 비롯하여, 몇몇만 공허의 감시종족명단으로 등록되어서 차단되어 있어. 왜 그런진 모르겠지만.]

감시종족이라니.

인류는 이제 갓 하급 종족이 된, 약해 빠진 종족인데 뭐 저렇게까지 하지?

"그거 언제부터 그랬던 거야? 감시종족."

[배틀넷에, 인류가 처음 들어왔을 때부터.]

"그런 일이 흔한가?"

[아니, 매우 드문 일이야. 특히 최하급 종족에게선 더더욱.]

공허는 배틀넷 진입 때부터 인류를 주목하고 있었던 건가?

성지한은 잠시 이에 대해 생각하다가, 문득 관리자의 손과 했던 이야기가 떠올랐다.

자신보고 적색의 관리자가 아니냐고 거의 반 확신하던 손.

그땐 그냥 뭔 헛소리냐고 생각했지만, 확실히 관리자의 코드를 이해하는 건 지금 생각해 보니 이상했다.

"누나, 그러고 보니 우리 핏줄에 뭐 특수한 거라도 있어?"

[왜?]

"내가 좀 글자를 보는 능력이 있어서. 거기에 누나도 신안을 지니고 있잖아."

[내가 알기론 딱히 없어. 부모님도 평범한 분이셨고.]

"흠. 그런가……."

코드를 볼 수 있는 것과, 혈통은 큰 상관이 없는 일인가.

성지한이 그리 생각하고 있을 때.

"……나도, 이에 관련하여 조사를 해 본 적이 있었다.

누나의 말대로, 별다를 게 없었지."

이를 묵묵히 듣던 망혼이 입을 열었다.

"하지만. 태극의 망혼에 들어서고 나니 조금은, 알 것 같았다."

"뭘?"

"특별한 건, 우리의 피가 아니다. 인류 종…… 그 자체지."

종 자체가 특별하다니.

성지한은 봉인지에서의 일을 떠올렸다.

'인류가 진화 한계가 설정되지 않아서, 동방삭도 나왔다고 그랬나.'

인간의 허약한 육신으로, 초월적인 무를 지녔던 동방삭.

그의 힘이 얼마나 강력했는지, 무신도 인류 종을 소각하고 딴 세계로 가려 하지 않았던가.

자신도 어쩌면 동방삭처럼, 그렇게 한계를 벗어난 케이스인 건가?

그렇게 성지한이 생각에 잠겨 있을 무렵.

"그럼 2주 후. 일을 시행하지. 내 어비스로 와라."

"아깐 일주일이면 된다더니?"

"네가 같이 가는 걸 전제로 일주일이었다. 네가 남아있기로 한 이상, 좀 더 준비 시간이 필요해."

"으, 으으…… 삼촌, 나 진짜 안 갈 거야! 이렇게 혼자 도망치다니…… 탑 플레이어의 수치라고!"

"탑 플레이어? 인간 중에서 좀 뛰어날 뿐이지. 여기 있으면 그의 발목만 잡게 될 거다."

"윽……."

망혼의 말에, 윤세아는 이렇다 할 반박을 하지 못했다.

인류 플레이어 중에서는 어느덧 최강급 반열에 든 그녀였지만.

성지한이 직면한 적과의 전투에선, 도움을 주기보단 짐이 될 가능성이 컸으니까.

[그럼, 2주 후에 보자.]

그 말을 끝으로.

망혼과, 성지아의 몸이 서서히 사라져 갔다.

* * *

3일 후.

성지한은 스타 리그에서 일반 게임 매칭을 진행하고 있었다.

디펜스 맵에서, 역천혼류 상태로 혼자 몬스터를 때려잡던 성지한은.

[레벨이 1 오릅니다.]

시스템 창에서 떠오른 레벨 업 메시지를 보고는 반기는 기색을 띠었다.

'3일 동안 게임 매칭해서, 드디어 레벨 1 올랐네.'

공허의 수련장에 성화를 태워 버린 덕에, 수련을 할 수 없게 된 그는.

레벨 500을 목표로 게임을 꾸준히 매칭하고, 시간 남으면 던전도 없애는 작업을 반복했다.

그렇게 요 3일간 레벨 업을 위해 최선을 다해 뛰었지만, 오른 건 겨우 1.

"3일 만에 겨우 레벨 1 올랐네요……."

촤아아악!

성지한은 디펜스 맵, '드래곤 부화장'에서 알을 노리고 접근해 오는 몬스터를 쓸어버리며 입맛을 다셨다.

"던전도 어제 한 50군데는 파괴한 거 같은데…… 요즘 들어 참 속도가 느려졌습니다. 레벨 더 빨리 올릴 수 있는 곳 없을까요?"

성지한은 혹시나 외계인 시청자들에게 아이디어가 있을까 해서, 채팅창을 띄운 상태로 그리 물어보았지만.

-레벨 몇인데 레벨 업 안 된다고 호소하는 거야?

-스타 리그니까 450~500 사이겠지

-그 레벨 대에서 3일 만에 1업이면 엄청 빠른 거 아니냐…….

—빠른 게 아니라 그냥 미친 속도임.

—저거 기만이지? 나 레벨 업 빨라요 하고 자랑하는 거지?

—하, 나는 지금 1년 동안 455레벨인데…… 싫어요 간다.

외계인 시청자들은 성지한의 진정성을 몰라 주고는 실시간으로 싫어요를 누르기 시작했다.

"싫어요 업적은 웬만큼 깼는데."

성지한이 그리 대꾸하자, 더더욱 가파르게 늘어나는 싫어요.

—외계인 놈들 질투하는 거 봐라 ㅉㅉ 니들 레벨 업 속도랑 성지한님 레벨 업 속도가 왜 같아야 함??

—ㄹㅇ 관리자도 주목하는 인재신데 말이야

—저렇게 초고렙이 된 인간 플레이어가 없어서 뭐라 팁을 못 드리겠음…….

—성지한님 근데 요즘 왜 윤세아 님 방송 안 틀까요?

—ㄹㅇ 원래는 맨날 틀던데.

—설마 연애 중??

인류 시청자들은 좋아요 방어를 해 주는 한편.

그중 일부는 윤세아가 요즘 왜 배틀튜브를 틀지 않냐고 물어보곤 했다.

“배틀튜브를 아직도 안 트나요? 세아 연애 중은 아니구요. 요즘 생각이 좀 복잡한가 봅니다.”

이세계로의 탈출 건 때문에, 윤세아는 게임 플레이도 하지 않고 방에 틀어박혀 있었다.

아무래도 혼자 고민할 시간이 좀 필요하겠지.

‘사실 어차피 세아가 무슨 결론을 내도, 역천혼류로 점혈할 거긴 하지만.’

무신이 행한 무한회귀의 굴레에서, 조카라도 빼내야지.

성지한은 이번 건 만큼은 일방통행을 하기로 하며, 쳐들어오는 몬스터들을 계속 없애 나갔다.

그렇게 학살한 몬스터의 맨 뒤편에는.

[여기까지 오다니, 제법이로구나 푸른 용의 수호자여!]

거대한 블랙 드래곤이, 성지한을 보면서 위엄찬 목소리로 포효하고 있었다.

‘저거 잡아도 레벨 업은 못하겠네.’

겉보기에는 강해 보이는 블랙 드래곤.

하지만 성지한의 시선에 그는, 경험치를 10퍼센트도 올려 주지 못할 몬스터일 뿐이었다.

빨리 끝내고 던전이나 다시 돌아야겠네.

성지한이 그리 생각하고 있을 때.

[그 무용이 아깝다. 나의 수호자가 되지 않겠느냐? 금은보화를 비롯하여, 눈부신 보상을 산더미처럼 내려 주마.]

블랙 드래곤은 성지한을 회유하려 들었다.
"돈은 됐고. 경험치 가능하냐?"
[경험치라니…… 적과의 전투를 통한, 경험의 획득인가. 후후. 나의 편이 되면, 네가 지켰던 것과 싸울 수 있다!]
그러면서 뜨는 메시지.

['히든 퀘스트 - 검은 용의 회유'를 진행하시겠습니까?]
[퀘스트를 받아들일 경우, 같은 팀이었던 플레이어들과 적대합니다.]

이미 다 침 공자를 격퇴하고, 보스만 남은 상황.
거기에, 디펜스 진영에는 스타 리그에 소속된 강력한 플레이어들과 블루 드래곤의 수호자들도 포함되어 있었다.
웬만한 전력 차가 아니면, 칼을 거꾸로 돌리는 건 자살행위나 다름없었지만.
"오, 좋아."
성지한은 경험치를 위해, 기꺼이 디펜스 팀을 배신했다.
[좋아…… 정말로? 정말로 내 편이 되겠다는 거냐?]
"어. 넌 여기 있어라. 나 혼자 잡고 올 테니."
휙!
성지한은 당황하는 블랙 드래곤을 내버려 두고.

원래 아군 진영으로 돌진했다.

-헐 바로 배신 때리는 거 봐라 ㅋㅋㅋㅋㅋ
-경험치에 미쳤음;
-원래 레벨 업에 저만큼 진심이 아니었는데…….
-뭔 일 있나?

시청자들의 의문을 뒤로하고, 아군이었던 진영을 초토화시키는 성지한.
그렇게 양 진영을 혼자서 다 쓸어버린 성지한은.
"이러고도 안 오르네요."
레벨 업 메시지가 떠오르지 않자, 입맛을 다셨다.
이 속도면 2주 안에 500은 불가능하겠는데.
'던전이나 또 싹 돌아봐야겠군.'
그가 그렇게 생각하며 로그아웃하려던 때.

[우주수 이그드라실이 경험치가 급하냐고 묻습니다.]
[이그드라실이 자신이 경험치를 제공하겠다고 제안합니다.]

성지한의 눈앞에, 이그드라실의 메시지가 튀어나왔다.
성지한은 경험치를 제공하겠다는 이그드라실의 메시지를 보고는 미간을 찌푸렸다.

"……내가 아무리 레벨 업이 좀 급하다지만, 이그드라실이 할 제안으로는 너무 없어 보이지 않냐?"

거기에 예전에 했던 제안들에 비하면, 이번에 그가 제시하는 조건은 겨우 경험치뿐.

예전에 했던 거래도 거부한 성지한이 이걸 받아들일 거라고 보고, 메시지를 보낸 건가.

ㅡ우주수 이그드라실이 언제부터 경험치를 제공하게 된 거임?

ㅡ진짜 없어 보이네 ㅋㅋㅋㅋ

ㅡ예전엔 인류를 엘프로 만들고 적의 굴레를 철회해 준다더니…… 뭔가 격이 확 떨어진 느낌이네 ㅋㅋㅋ

시청자들도 경험치 보상은 이그드라실의 격과는 어울리지 않는다는 반응을 보였다.

하나.

[우주수 이그드라실이 이번엔 아무것도 요구하지 않겠다고 합니다.]

[단지, 이번 스페이스 리그에 출전만 하면 경험치를 보상해 주겠다고 제안합니다.]

"출전만 하라고?"

다른 때와는 달리, 이번에 이그드라실이 제시한 조건은 없는 거나 마찬가지였다.

국가대표 경기는 몰라도, 스페이스 리그는 웬만하면 챙기려는 성지한에게.

세계수 엘프와의 경기 출전은 이그드라실이 요구하지 않아도, 하려고 했던 것이었으니까.

"경기 출전만 하면 경험치를 준다니…… 어떻게 줄 생각이지?"

[우주수 이그드라실이 출전하면 알 수 있을 거라고 대답합니다.]

경험치 제공 방법에 대해서는 이야기해 주지 않는 이그드라실.

[우주수 이그드라실은 단지, 아바타를 통하여 심도 있는 대화를 하고 싶을 뿐이라고 말을 덧붙입니다. 경험치는 이에 대한 보상입니다.]

성지한은 그 메시지를 잠시 지켜보다가.

"……뭐, 어차피 나갈 생각이었으니까."

천천히 고개를 끄덕였다.

–아무것도 필요 없다니까 더 수상한데…….

–그냥 성지한 님이 스페이스 리그 안 나가는 게 낫지 않을까요?

–그러니까…… 어차피 지금 우리 순위도 최상위권인데 엘프한테 1패 정도는 해도 되지 않음?

–하지만 그거 무섭다고 뺐다가 엘프전 때마다 성지한 님 빠지면 인류 순위 추락할 거 같은데 ㅡㅡ;

–하긴 성지한 빠지면 세계수 엘프 이길 플레이어가 없지…….

성지한이 출전한다고 하자, 인류 시청자들은 불안감을 내보였지만.

그렇다고 세계수 엘프와의 경기를 포기하자니, 대표팀엔 그 이외의 대안도 딱히 없었다.

[히든 퀘스트를 클리어합니다.]

[게임이 종료됩니다.]

그렇게 이그드라실과의 대화와 끝날 무렵, 때맞추어 종료되는 게임.

번쩍!

로그아웃된 성지한은 방에서 생각했다.

'이그드라실…… 또 씨알도 안 먹히는 회유를 하려나.'

굳이 아바타를 통하여 이야기하잔 내용이 뭔지는 모르겠지만.

생각해 보면, 이놈과 엮여서 크든 작든 이득은 보긴 했단 말이지.

성지한은 결과적으로는 매번 좋게 끝났던 세계수 엘프와의 일을 떠올리며.

스으으으…….

성지한의 방문 너머로 검은 운무가 통과하더니.

그것은 곧 뭉쳐, 그림자여왕의 형상으로 변했다.

"오랜만이군. 후원 플레이어는 많이 모았냐?"

"음. 그대가 자유를 준 덕분에, 괜찮은 플레이어들을 확보할 수 있었다."

성지한의 암검, 이클립스에 원래 같이 있던 그림자여왕은.

최근에 후원 플레이어를 본격적으로 모집하기 위해, 잠시 검에서 나와 있던 상태였다.

여왕이 빠져나가면 이클립스에 담긴 그림자기운이 적잖이 줄어들긴 했지만.

'어차피 수련할 땐 수련장 내부에 공허가 많아서, 그냥 풀어 줬지.'

인류를 서포트하는 후원 성좌 중에서는, 그나마 괜찮은 편인 그림자여왕.

성지한은 시간의 흐름이 왜곡되는 수련장에 굳이 그녀

를 데려가지 않고, 풀어 줘서 활동하도록 했다.

"근데 벌써 후원 다 했냐? 빨리 복귀했네."

"음. 워낙 내 지닌 힘이 부족해서, 후원 플레이어를 늘리는 건 이 정도가 한계였다. 3년에서 5년 정도면, 투자한 걸 회수할 수 있겠지."

"3년에서 5년이라……."

"인류는 그래도 네가 있으니, 스페이스 리그에서 계속 순항하지 않겠어? 투자한 자원을 회수할 때는 금방 오겠지."

그렇게 그녀가 3~5년 만에 투자금을 회수하고, 그 이후로는 계속 후원 확장을 해 나가겠다고 미래계획을 짜는 걸 보면서.

'얘, 아소카가 시간을 돌리고 무신의 무한회귀가 밝혀질 때 안 따라왔었나 보군…….'

성지한은 여왕이 그때 없었다는 걸 확인했다.

그러니까 저렇게 장기적인 계획을 세우지.

"……왜 그렇게 보지? 왠지 날 측은하게 바라보는 거 같은데."

"아니야. 아니야. 잘 하고 있어. 인류 투자할 만해. 내가 있잖아."

"그거야 그렇다만……."

성지한을 미심쩍게 바라보던 그림자여왕은, 본격적으로 방에 들어온 용건을 말했다.

"그대여. 이그드라실의 아바타를 만날 땐 나도 같이 가도 되겠나?"

"왜, 아바타 공격하게?"

"아니. 아바타 따위를 죽여 보았자 무의미하지. 다만, 이 그드라실이 어떻게 아바타를 움직이는지 궁금해서 그렇다."

"그래, 같이 가."

성지한이 왼손을 뻗자.

스으으으…….

그림자여왕의 신체가 다시 검은 운무로 변하더니, 그의 손에 빨려 들어갔다.

[검 안의 공허가 더욱 짙어졌군. 무슨 일이 있었나?]

"수련하다가 수련장 하나 날려 먹었지."

[수련장을…… 허. 그대가 성좌가 되면, 금방 대성좌를 위협하겠어.]

대성좌라.

'그때가 과연 올지 모르겠군.'

성지한은 쓴웃음을 지으며, 날짜를 확인했다.

다음 스페이스 리그 경기.

'세계수 엘프 - 55'와의 게임은, 이제 3일밖에 남지 않은 상태였다.

* * *

3일 후 열리게 된 스페이스 리그 경기.

=이번 스페이스 리그에서의 상대는 바로, 세계수 엘프 55입니다!

=저희가 소속된 브론즈 리그에서 랭킹 1위를 달리는, 초강팀입니다.

=저번에는 세계수 엘프 200이 1등 아니었나요? 참…… 매번 1위가 세계수 엘프 라인으로 뒤바뀌는군요!

인류가 세계수 엘프를 이겨서, 1등 자리에서 끌어내려도.

빈 1등 자리에 올라가는 건, 또 다른 세계수 엘프였다.

-뭔 맨날 엘프 놈들이 1위야 ㅡㅡ

-저번에 우리 잠깐 1등 공기 맡지 않았음?

-ㅇㅇ 근데 쟤들이 하루에 버는 포인트량이 워낙 많아서 따라잡을 수가 없음…….

-그래도 이번에 성지한이 이겨 주면 쟤들도 내려오겠지.

-그럼 또 베일에 쌓인 2등이 1등 차지하고 세계수 엘프로 밝혀질걸?

-징글징글하다 진짜 ㅋㅋㅋㅋ

이번에도 리그 1위가 엘프로 밝혀지자, 또 너냐라는 반응이 나오는 가운데.

인류 대표팀의 선수 대기실로 소환된 성지한은.

"지한!"
거기서 소피아를 만났다.
"지한, 요즘 세아 무슨 일 있어요?"
"왜요?"
"요즘 배틀튜브 왜 안 틀고 있냐고 물어보니까, 아까부터 한숨만 엄청 쉬던데요. 표정도 심상찮고."
그러면서 뒤쪽을 바라보는 그녀.
시선이 닿는 곳에는, 혼자 멍한 얼굴로 자리에 앉아 있는 윤세아가 보였다.
성지한은 그런 그녀에게로 다가갔다.
"아직도 죽상이냐."
"……누구 때문에 그런데."
"여행 갔다 온다고 생각하라니까."
"그게 무슨 여행이야……."
여행 이야기에 더 다운된 그녀를 보며, 성지한은 어깨를 툭툭 두드렸다.
"괜찮아. 내가 다 끝내고 다시 부를 테니까."
"……그래. 삼촌이 다 끝낼 거면, 나도 있어도 되지 않을까?"
어떻게든 혼자 살지는 않겠다 이거네.
성지한은 윤세아를 탈출시키기 위해, 피난 목적을 다르게 포장하기로 했다.
"꼭 혼자 살라는 게 아니야. 너 인질로 잡히면 내 행동이 제약받거든. 그걸 사전에 차단하는 거지."

"에이. 그렇게 따지면 다른 사람들은?"

"다른 사람은……."

윤세아의 반문에, 성지한의 눈빛이 스산하게 가라앉았다.

"인질이어도, 제약받지 않지."

"그, 그래?"

"어, 그러니까 일을 잘 마무리 짓기 위해서라도 잠깐 '여행'가 있어."

"으……."

그 말에 더 고민에 빠진 그녀.

'오늘은 이 정도만 할까.'

성지한은 여기서 더 밀어붙이지는 않기로 했다.

마지막 순간에 안 간다고 하면, 점혈 찍고 보내야지 뭐.

그때.

지이이잉.

[양 팀의 감독을 소환합니다.]

감독 소환 메시지와 함께, 감독실의 풍경이 대기실의 화면 속에서 보였다.

랭킹 1위와 맞붙어서, 긴장된 얼굴의 데이비스 감독과.

“…….”

어딘가 가라앉은 얼굴로, 자리에 앉아 있는 엘프 대신관.

다른 세계수 엘프 넘버의 대표와 똑같은 얼굴을 하고 있는 대신관이었지만, 그녀의 얼굴은 확실히 다른 대신관에 비해 침울해 보였다.

[1경기의 밴, 셀렉트 카드를 정해 테이블 위에 올리십시오.]

“여기 있습니다.”

시스템 메시지가 나타나자, 먼저 밴과 셀렉트 카드를 낸 데이비스 감독은.

“……여기 있습니다.”

대신관이 셀렉트 카드만을 내자, 두 눈에 이채를 띄었다.

‘성지한 선수를 견제하지 않는군.’

예전부터 세계수 엘프들이 이런저런 수를 쓰다가, 매번 인류에게 승리를 헌납해서 이번엔 정공법으로 나서나 했더니.

세계수 엘프 – 55는 맵만 고를 뿐, 밴 카드를 선택하지 않았다.

저번에 세계수 엘프와 경기할 때보다, 훨씬 강해진 성

지한의 힘을 생각해 보면 무조건 밴을 해야 하건만.

'무슨 생각인진 모르겠지만, 이럼 우리야 고맙지.'

데이비스 감독은 벌써 경기를 다 이겼다는 듯, 회심의 미소를 지었다.

그렇게 해서 먼저 열린 밴 카드.

['세계수 엘프 – 55'의 1~10위의 선수 중, 3명이 밴당합니다.]

[1, 4, 6위의 선수가 밴당했습니다. 1경기에 출전하지 못합니다.]

"오……!"

밴도 잘 먹혀서, 3명 밴 중 1등 선수를 틀어막을 수 있었다.

=1위가 밴을 당하는군요!

=데이비스 감독. 시작이 좋습니다.

=엘프 측에서 밴 카드를 안 꺼낸 것이 찝찝하기는 하지만 말입니다!

=아, 그런데 혹시 저번에 성지한 선수와 우주수 이그드라실의 약속 때문에, 밴 카드를 안 꺼내는 것 아닐까요?

=아…… 그런 거면 성지한 선수는 무조건 경기에 출전

하겠군요! 그럼 저희의 승리 가능성도 높아지겠습니다!

밴 카드의 결과를 보고, 좋은 스타트를 보였다는 해설진.
하나 이 반응은, 다음 맵 셀렉트에 들어서자 아쉬움으로 바뀌었다.

=셀렉트 카드는…… 아, 엘프 측이 꺼낸 맵이군요!
=1경기가 진행될 맵은, '하늘숲'입니다!
=하필 맵 이름에 숲이 붙었군요!

하늘숲이라.
저 맵엔 또 무슨 흉계를 숨기고 있는 걸까.
데이비스 감독은 선정된 맵 이름을 보고는, 잔뜩 미간을 찌푸렸지만.
"아……."
상대 엘프 대신관은, 하늘숲이 걸린 걸 보고는 안타까운 탄식을 내질렀다.
저번에 상대하던 대신관들은 대부분, 가식적인 반응을 하던 것에 비해.
이번 세계수 엘프 55의 대신관은, 하늘숲 맵이 걸리자 자신이 상대 감독보다 더 울상을 짓고 있었다.
"뭡니까?"
"……이렇게, 저희는 끝이 나겠네요."

아니, 뭘 끝이 나?

자기들이 골라 놓곤.

데이비스 감독은 이상한 소리를 하는 대신관에게 그리 반문하고 싶었지만.

"그래요…… 어디. 당신네 1등에게, 경험치 잘 드시라고 하시죠."

대신관은 데이비스 감독을 노려보면서, 경험치를 거론했다.

'……저 말은 설마. 하늘숲 맵이 ~~우주수~~ 이그드라실과 연관이 있는 건가?'

데이비스 감독이 그렇게 의문을 지닌 채, 시작된 1경기 하늘숲 맵.

=맵 이름 그대로, 하늘 위에 숲이 있군요!

=구름이 나무를 받쳐 주는 역할을 하는 것 같습니다.

=선수들도 별 어려움 없이 구름을 밟고 서는군요.

=맵 자체는 참 아름답습니다만…… 하필 상대가 상대인지라 무슨 흉계를 숨기고 있을지 걱정이 됩니다.

하늘숲 맵은 이름 그대로, 구름 위에 펼쳐진 거대한 숲을 드러내고 있었다.

"오, 이거 생긴 건 구름인데 바닥은 단단하네요."

"딱히 플라이 마법 안 써도 되겠습니다."

"그래도 준비는 해야 하지 않을까요? 갑자기 엘프 쪽에서 뭔 흉계를 꾸미고 있을지 모르니까."

출전한 플레이어들이 그렇게 이야기를 나누는 사이.

"제가 먼저 정찰 가 보겠습니다."

성지한은 하늘숲의 안쪽으로 발을 디뎠다.

휙!

그가 본격적으로 경공을 사용하자.

얼마 되지 않아 느껴지는 엘프의 기운.

'저기 많이 모여 있네.'

성지한은 엘프가 잔뜩 모여 있는 곳을 향해, 착지했다.

그러자.

엘프들은 성지한을 보더니, 무기를 내렸다.

그리고, 그 안에서.

"오셨나요."

머리카락이 온통 초록빛인 엘프가, 만면에 미소를 지으며 앞으로 걸어 나왔다.

"너는……."

머리카락이 일부만 녹색이 아니라, 완전히 녹색이라니.

막대한 생명의 기운을 지니고 있는 상대를 보며, 성지한이 눈빛을 가라앉힐 무렵.

"자. 이야기하기 전에, 먼저."

상대 엘프는 미소를 잃지 않은 채로, 손을 뒤로 향했다.

그 손가락은 이미 무릎을 꿇고 있는 엘프들을 가리키고 있었다.

"경험치부터 드세요."

"저 엘프들이, 경험치라고?"

"네."

녹색 머리칼의 엘프는 싱긋 웃었다.

"얼마든지 죽이세요. 제가 계속 부활시킬 테니까요."

"부활이라니…… 그런 게 가능했나? 여기서."

"제가 아바타를 통해 강림했으니, 이 하늘숲 맵에서는 가능해요."

"……너, 이그드라실인가?"

"맞아요."

이그드라실은 머리카락을 손가락으로 빙글빙글 돌렸다.

"이렇게 연약한 엘프의 몸에 현신하기 위해, 꽤 많은 희생이 있었답니다."

"희생이라니……."

"55번째 식민지에 설치된 세계수의 생명력을 거의 다 써 버렸지요. 인류는 좋겠네요? 상위권에 위치한 팀 하나가 떨어지게 되었으니까."

"순위가 떨어진다고?"

"네. 세계수가 시들 테니까요."

그래서 엘프 대신관이 감독실에서 그렇게 가라앉은 얼

굴을 했던 건가.

성지한은 가라앉은 눈으로 그녀를 바라보았다.

"……무얼 꾀하고 있는 거지?"

"어머. 이번엔 정말로 선의랍니다?"

"허. 내 레벨 업을 위해서 세계수를 포기한다고?"

"저에게야 널린 게 세계수이고 식민지인걸요. 하나 정도 포기해도, 저의 세계에선 미미한 손실이지요."

그러며 이그드라실이 뒤로 손짓하자.

콰직! 콰직!

엘프들의 신체가, 내부에서부터 박살 나는 소리가 들렸다.

그리고 얼마 지나지 않아.

퓨숙!

그 안에서, 격하게 꿈틀거리는 심장이 튀어나왔다.

스으으…….

피가 뚝뚝 떨어지는 그 장기를 둥둥 띄운 채, 성지한의 눈앞에 스윽 나열하는 이그드라실.

"자, 제가 특별히 죽이기 편하게 만들어 놓았어요. 검 한 번 휘두르면, 심장이 터질 거예요."

"엘프는 심장 따위 없어도 재생하는 존재 아니었던가."

"맞아요. 하지만, 제가 죽으라는데 죽어야죠."

스윽.

이그드라실은 입꼬리를 올리며, 심장 하나에 손가락을

가져다 대었다.

펑!

풍선처럼 터지는 장기.

그 안에서 핏물이 터져 나오며, 이그드라실의 얼굴이 붉은빛으로 물들었다.

그리고 동시에.

사아아아…….

그녀의 뒤에 있던 엘프 하나가, 갑자기 가루가 되어 소멸했다.

"자. 이렇게 만지기만 해도 죽어요. 참 편하죠?"

"……굳이 죽이기 쉽게 도와줄 필요는 없다만."

"이렇게 제가 현신한 김에, 충분히 레벨 업 해야죠. 적어도 1만 정도는 죽여야 하지 않겠어요?"

"1만?"

"네. 음…… 역시 1만은 너무 적나요? 무리하면, 10만까지는 가능할 거 같네요."

싱글싱글 웃으면서, 엘프를 계속 부활시켜 줄 테니 처형하라고 권유하는 이그드라실.

—인성 파탄 난 거 봐라 ㅋㅋㅋㅋ

—엘프 대빵이라 할 만하네…….

—엘프놈들 짜증 나긴 했는데, 저건 좀 보기 안 좋네

—ㄴㄴ 걔네들 우리 처형시키려던 거 기억 안 나냐? 엘

프에게 동정은 사치야.

–ㄹㅇ 거기에 세계수 엘프 하나 망하면 우린 개이득 아님? ㅋㅋㅋ

–근데 저 이그드라실 말을 믿을 수는 있나…….

시청자들이 저 제안을 받아들이는 게 좋겠다, 아니다를 가지고 갑론을박을 하고 있을 때.

"그렇게까지 해서, 내게 하고 싶은 이야기가 뭐지?"

"그렇게까지라니…… 이게요? 이건 그냥 경험치 선물인데요."

이그드라실은 의아하다는 듯, 성지한에게 반문했다.

엘프의 심장을 떼다가 주는 행위가, 뭐가 이상한지 전혀 이해하지 못하겠다는 눈치.

그녀의 입장에선, 그만큼 이들이 죽어 나가는 게 별거 아닌 건가.

'하긴 세계수 엘프의 지도자니, 이 정도야 대수롭지 않겠지…….'

성지한은 그렇게 생각하며, 눈앞에서 펄떡이는 심장을 바라보았다.

'이제 어비스로 가기까진 일주일.'

건드리기만 해도, 톡 터질 것 같은 엘프의 심장.

이걸 1만 개 터뜨리는 건, 성지한에게 너무나도 손쉬운 일이었다.

'지금 레벨 업 속도로는, 약속한 기간까지 절대 500에 도달하지 못하니 이걸 부수는 게 편한 길이겠다만.'

엘프의 심장을 터뜨려서, 1만을 죽이는 거야.

성지한에겐 그다지 부담되는 일은 아니었다.

저들 때문에, 저번 생에 인류가 리그에서 꼴등으로 밀려 결국 강등되지 않았나.

이그드라실이 건네주는 대로, 심장을 지속적으로 터뜨리면.

경험치를 손쉽게 올려서 목표했던 레벨 500에서, 그 이상까지 볼 수 있겠지.

하나.

'엘프의 선의는, 믿을 수가 없어.'

누구와 접하든, 그 상대를 색안경 끼고 보지 말라고 하지만.

세계수 엘프 쪽과 상대할 땐, 무조건 의심부터 하고 봐야 했다.

'어디 한번.'

스으으으…….

성지한은 꿈틀거리는 심장을 가까이 가져왔다.

아주 미약하게 느껴지는 생명의 기운.

이걸 터뜨리면, 본체의 생명의 기운이 사라져 엘프가 죽는 건가.

하나 그러기엔, 기운이 약해도 너무 약한데.

'추적을 해 볼까.'

성지한은 감각을 증폭시켜, 심장에 담긴 생명의 힘을 면밀히 살폈다.

순식간에 확장하는 그의 영역.

심장에 담긴 생명의 기운은, 이그드라실을 향해 아주 미세하게 뻗어 나가고 있었다.

성지한이 이걸 느끼고, 그녀를 바라보자.

"그거, 안 터뜨리시나요?"

이그드라실이 웃으며 물어보았다.

"엘프의 호의는 일단 의심하라고 배웠거든."

"흐응…… 배틀넷에 진입한 지 얼마 안 되었는데, 정보에 밝으시네요."

자기도 저 말에 부정은 안 하네.

그렇게 무혼의 영역이 이그드라실에게까지 닿자.

그녀는 머리카락을 빙글빙글 돌렸다.

"자, 1단계는 통과하셨네요."

"1단계?"

"네. '남이 주는 건, 아무거나 덥석 물지 않는다'라는 시험이요."

할짝.

이그드라실은 얼굴 입가에 묻은 핏물을 핥으며 말을 이었다.

"그럼 어디, 조사해 보세요. 뭐가 이상한지."

“심장에 장난을 쳐 놨다는 건, 부인하지 않는군.”

“뻔히 아는 눈치인데, 굳이 부인할 필요 있나요? 영역도 그렇게 확장했는데.”

무혼의 영역은, 바로 파악했다 이건가.

성지한은 일단 생명의 기운을 계속 추적했다.

이그드라실 쪽으로 뻗어 나가는 생명의 힘은, 그녀에게 닿을 때쯤에는 완전히 사라져 있었다.

‘너무 힘이 미약해서 그런가.’

성지한은 심장 쪽을 바라보다가, 그 안에 자신의 생명의 기운을 살짝 넣어 보았다.

그러자, 확실하게 선명해지는 심장의 생명력.

아까와는 달리, 그 힘은 이그드라실에게 닿자마자 사라지지 않고.

확실한 목표를 향해 나아가고 있었다.

거기는 바로.

이그드라실의 아바타가 지닌, 녹색의 머리칼이었다.

“이거랑 연결되어 있었나.”

스으으.

무혼의 영역에, 잡힌 녹색 머리카락.

“……후후.”

하나 이그드라실은 웃는 낯으로, 이를 지켜보기만 할 뿐이었다.

그리고.

뚝!

머리카락이 끊겨져 나가자.

“어머……! 몇 번째 머리카락인지, 어딘지 정확하게 알아내셨네요?”

이그드라실은 기쁜 탄성을 내지르더니.

“2단계 포상, 드릴게요.”

슈우우욱!

상을 주겠다는 그녀의 몸이 순식간에 쪼그라들기 시작했다.

펑! 펑!

그와 동시에, 사방에서 터지는 심장과.

가루가 되어 사라지는 엘프들.

하늘숲의 나무들도 급격히 말라 비틀어져 가면서.

[상대 팀이 전멸했습니다.]

[1경기가, 곧 종료됩니다.]

곧 게임이 종료한다는 메시지가 떴다.

* * *

-?? 뭐야?

-머리카락 끊었는데 게임 종료?

—졸라 허무하네;;;

1경기를 지켜보던 시청자들의 반응은 한결같았다.

이게 뭐야?

성지한과 이그드라실이 대치하면서, 이야기를 몇 번 주고받더니.

이그드라실의 머리카락이 일부 끊기자, 갑자기 그녀의 몸이 쪼그라짐과 동시에 게임이 종료되어 버렸다.

지금까지 성지한이 끝장내 버린 게임 중, 빨리 끝난 게 없는 건 아니었지만.

그래도 이렇게 어처구니없게 끝난 게임은 본 적이 없었다.

한데.

—근데 왜 안 끝나?

—아까 곧 종료한다고 했잖아.

—상대 팀 전멸하면 바로 끝나야 하는 거 아님??

—그러게…….

—게임 돌아가는 게 이상하네 진짜 ㅡㅡ

—이그드라실이 강림해서 그런 건가…… 뭔 개짓거리 하고 있는 거 아니야?

상대가 전멸했는데도 '곧'이란 단서가 달리더니.

게임이 계속 종료되지 않는 걸 보면서, 불안감을 느끼는 시청자들.

그리고.

'……애초에 이걸 노린 거였나.'

이그드라실과 마주한 당사자였던 성지한은, 왜 게임 종료에 '곧'이라는 단서가 달렸는지 몸소 체험하고 있었다.

'생명의 기운을 탐색했던 루트 그대로, 이그드라실의 힘이 들어오는군.'

[스탯 '영원'이 5 오릅니다.]

녹색 머리칼 엘프가 지니고 있던 생명력이.

성지한이 알아내던 길을 통해, 그대로 성지한의 영원에 들어오고 있었다.

[스탯 '영원'이 5 오릅니다.]

참 올리기 힘들던 영원이, 벌써 10이나 올라 버린 상황.

능력이 오른 거야 좋았지만.

[안녕하세요?]

성지한의 내부에 담긴 세계수에선.

[하나가 되어 기뻐요.]

이그드라실의 목소리가 들려오고 있었다.

"……이게 목적이었냐?"

[아뇨. 진짜 대화하러 온 거예요. 관리자의 눈도 설치된 당신과는, 대놓고 이야기를 못 할 테니. 제가 안으로 들어와야죠.]

"뭔 이야기를 하려고 그러는데?"

[와, 이 세계수. 엄청 잘 자랐네? 먹음직스러워라. 성지한. 당신 이러지 말고 저랑 진짜 하나가 되는 게 어때요? 나무 너무 잘 키웠는데요?]

영원 속에서, 해맑게 조잘거리는 이그드라실.

성지한은 그 말을 듣고는 얼굴을 잔뜩 찌푸렸다.

안에 언제 기생충처럼 들어와서, 이젠 하나가 되자고 그러네.

[영원의 주도권만 넘겨 주시면, 바로 일 착수할게요. 이그드라실의 정원사. 어때요. 멋지지 않나요?]

"그게 네 본론이냐? 바로 쫓아낸다."

[참나…… 왜 이렇게 거부해요? 관리자의 반려로 삼아주겠다는데.]

그러고도 몇 번이고 성지한을 꼬드기던 이그드라실은.

[에이. 아직은 안 넘어오겠네…… 알겠어요. 본론을 꺼낼게요. 당신. 적색의 관리자를 막고 싶지 않나요?]

"……어디, 말해 봐라."

이게 그녀의 본론인 건가.

성지한은 입으론 일단 그렇게 말하면서.

속으론 내부의 영원에 들어온 이물질을 어떻게 정리할 지 방법을 찾고 있었다.

'성화로 지져 버릴까?'

배틀튜브가 틀어져 있는 상태에선 대놓고 쓰긴 그래서, 자제하던 성화.

하지만 내 몸속을 불태우는 거야, 남들에게 들키진 않겠지.

[이제는 영원으로 의념만 보내세요. 백색에게 들킬라.]

'알았다. 그래서, 관리자를 막을 방법이란 게 뭐지?'

성지한이 그렇게 시간을 끌면서, 내부의 이그드라실을 내쫓으려고 하고 있을 때.

[진짜 막을 생각은 있나 보네요?]

'말장난할 거면 지금 당장 불태우지. 본론으로 들어가라.'

[아~ 알았어요. 당신의 불은 위협적이니. 바로 용건을 꺼내죠.]

이그드라실은 본론으로 간다더니, 또 서론부터 시작했다.

[근데 그 전에 먼저. '적색의 관리자'가 누군지 알고 싶지 않나요?]

'적색의 관리자라…… 난 무신으로 추정 중이다만.'

[무신…… 그도 물론, 물론 적색의 후보 중 한 명이죠. 하지만. 저는 이번에 인류가 진화하면서, 그들을 납치,

감금, 실험해 보며 새로운 결론을 도출해 냈어요.]

이 놈은 언제 사람들을 납치해 간 거야?

성지한은 미간을 찌푸리며, 질문했다.

'그래서 결론이 뭔데?'

[인류! 인류종 자체가 적색의 관리자였어요!]

'……뭔 개소리야?'

무슨 이야기를 하나 했더니 어이가 없네.

인류가 적색의 관리자라고?

'그렇게 잘난 종족이 최하급이냐?'

[확실해요.]

'확신의 근거가 뭐지?'

[제가 예전에 이거 관련해서, 도와줬거든요. 적색의 관리자를.]

'……뭐?'

이그드라실은 그렇게 해맑은 목소리로, 자신이 공범자임을 성지한에게 밝혔다.

2장

2장

이그드라실이 적색의 관리자를 도와줬다니.

성지한은 미간을 찌푸렸다.

'지구에 세계수가 있던 거랑 관련이 있었나.'

[맞아요. 제가 도와주었죠!]

지이이잉.

성지한의 눈앞에, 하나의 화면이 나타났다.

피라미드 구조를 형상화한 그것은.

맨 위에 관리자가 있었고.

아래에는 수많은 대성좌와, 그 아래에는 성좌들이 포진했다.

성좌들의 피라미드 구조에서, 관리자는 완벽히 정점이었다.

[보다시피 관리자는 배틀넷의 정점이지만…… 위에는 또 위가 있었습니다.]

툭.

그 말이 끝나기가 무섭게, 피라미드의 구조 위에 하나의 칸이 더 생성되었다.

상시 관리자 칸이었다.

[흑과 백, 상시 관리자가 가진 권력은 임기제 관리자를 월등히 상회했죠. 사실상 임기제 관리자는 상시 관리자가 귀찮아하는 잡무나 처리하는 수준…… 적색의 관리자와 저는 더 위로 올라가려 했습니다.]

'임기제에서, 상시로 말인가.'

[맞아요. 특히 임기가 저보다 더 빨리 끝나 가는 적색의 관리자는 상황이 급했죠. 그래서 그는 저에게, 비밀리에 제안을 했습니다. 상시 관리자가 되기 위해서 서로 협력하자구요.]

'욕심이 참 끝이 없군. 배틀넷에서 2등까지 올랐는데 기어코 1등에 올라가고 싶은 건가.'

[그런 마음가짐 때문에 2등까지라도 올라온 거랍니다. 살아 있는 한, 계속 위로 올라가야죠.]

배틀넷 세계의 2등에서 만족하지 못하고, 야망이 철철 넘쳐흐르는 이그드라실.

적색의 관리자도, 이런 마인드였나.

'……그래. 네 향상심은 그렇다 치고. 인류가 적색의 관

리자라니. 그게 대체 무슨 소리야?'

[적색의 관리자는 저랑 달리 임기가 끝나 가고 있었죠. 그래서 그는 흑백의 관리자의 감시망에 걸리지 않는, 최하급 종족 속으로 숨으려 했습니다.]

배틀넷의 대다수를 차지한다는 최하급 종족.

흑백의 관리자는 효율성을 위해, 이들을 감시하지 않는다고 했지.

그 맹점을 이용하여, 적색의 관리자는 최하급 종족 속에 숨어 힘을 기르려 했던 건가.

'하지만 어떻게 인류 종족이 관리자가 될 수 있지?'

[자세한 방법까진 저도 모르죠. 제가 제공한 건 세계수와 지구 행성, 그리고 엘프들이었으니까. 하지만 그가 최하급 종족 자체에 숨으려고 했던 건 이미 파악하고 있었어요. 거기에 인류에게 종족의 진화 한계가 없다고 했을 때부터 이 종족이구나 싶었죠. 그건 제대로 '설계'된 종족이 아니고선 나올 수 없는 결과거든요.]

성지한은 적의 일족이 길가메시를 실험하던 장면을 떠올렸다.

그때 행했던 적의 일족의 실험이, 사실은 적색의 관리자를 인류에 놓는 과정이었던 건가.

'……그럼 길가메시가 적색의 관리자야?'

성지한은 잠시 그렇게 의문을 지녔으나, 금방 아닐 거라고 판단 내렸다.

그가 적색의 관리자라고 하기에는, 영 무게감이 없었으니까.

'네 말이 사실이라면, 적의 일족이나 인류나 다 같이 적색의 관리자의 것인데…… 왜 인류가 적의 일족을 친 거지?'

[적의 일족…… 그 종족은 인류를 완성한 것만 해도 쓰임새가 다 했으니 폐기처분 한 거겠죠.]

'자신의 동족을 정리했단 말인가?'

[동족이라니. 그들은 단지 관리자의 수단일 뿐이죠. 쓸모가 없으면 정리해야 한답니다.]

관리자가 되면 다 저러는 건가.

출신 종족에게도 가차 없군.

'그는 단지 숨으려고 인류 속에 들어가는 걸 택한 것인가?'

[그럴 리가요. 그럴 거면 진화 한계를 없애도록 설계하진 않았겠죠. 저는, 그의 계획을 대강 알 것 같아요.]

'그래?'

[네. 제가 하나하나 알려 줄게요.]

그러면서 맨 처음, 무신의 별 투성을 화면에 띄우는 이그드라실.

[제가 판단한 바로는, 적색의 관리자가 사용할 카드는 두 장이에요. 하나는 무신.]

이그드라실이 처음 띄운 피라미드에서, 무신의 이름이

떠올랐다.

그의 위치는 상층부.

관리자 아래, 대성좌의 이름이 쓰여 있는 칸의 중간쯤에 있었다.

[지금 드러난 바로는 대성좌 급의 힘을 지니고 있지만, 수상한 구석이 많더군요. 특히 그의 별 투성에는 거대한 힘이 은닉되어 있어요. 위장 중인데도 이 정도면, 실제로는 더 강한 권능이 잠들어 있겠죠.]

아직 무신의 무한회귀까지는 파악하지 못한 것 같지만.

그래도 이그드라실은 투성에 강력한 힘이 잠들어 있다는 건 포착한 것 같았다.

이렇게 관리자 측에서 감지해 나가고 있다가, 무신이 회귀하면 다시 모르는 상태로 돌아가는 건가.

'무한회귀가 사기긴 하네.'

성지한은 그리 생각하면서 이그드라실의 이야기를 계속 들었다.

[적색의 두 번째 카드는, 인류의 진화예요.]

'……인류의 진화라고?'

[최하급 종족 때는 발현되지 않던 적의 인자는, 하급 종족 때 조금씩 드러나기 시작했죠. 이것이 계속 성장하면, 적의 인자는 크게 발현할 테고.]

바뀌는 화면.

최하급 종족 때는 비리비리했던 인류가 점차 진화하며 건장해지고.

최하급 때에는 작디작던 미약한 불꽃이 인류가 진화함에 따라, 점차 커져 갔다.

그리고 상급에 도달하자, 인간은 불꽃에 완전히 집어삼켜져서 하나의 거대한 불길로 뭉쳐 버렸다.

[종족이 계속 진화해 나가면, 인류 속 적의 인자가 성장하며…… 그들은 결국 하나가 되어 적색의 관리자를 부활시킬 겁니다.]

'상급 종족이 되면…… 인류가 모조리 불타서 적색의 관리자가 된다고?'

[네. 그것도, 상시 관리자가 될 만한 힘을 갖춘 존재로 탈바꿈되겠죠.]

'그럼 진화 안 하면 되겠네.'

이놈 말을 어디까지 믿어야 하는지는 모르겠지만.

일단 사실이라고 친다면, 중급쯤에서 진화를 멈추면 되지 않나?

[하지만 당신, 무신이랑 싸울 거 아닌가요?]

'그게 왜?'

[만에 하나 당신이 무신을 이긴다면, 대성좌를 제거한 업적 때문에 당신뿐만이 아니라 인류종 전체가 혜택을 봅니다. 그러면 당신이 원하지 않아도 종족 진화가 강제로 진행될지 모르죠.]

'업적 보상, 내가 안 받으면 그만이지 않나.'

[업적 보상은 단지 주어질 뿐입니다. 수령을 거절할 순 없죠.]

그러면서 이그드라실은 업적 보상 하나를 보여 주었다.

[업적 '별을 무너뜨린 짐승'을 클리어했습니다.]

[조건 – 중급 이하 종족 출신의 플레이어가 대성좌를 제거했을 때 주어짐.]

[보상 – 출신 종족을 상급으로 진화]

[적색의 관리자가 관리자 시절 미리 만들어 둔 업적입니다. 실현 가능성이 없는 업적이라 보상이 과하게 측정이 되어도 승인되었는데, 이제 보니 그가 보험으로 들어 둔 것 같네요.]

'녹색의 관리자가 저거 지울 순 없나.'

[적색이 다룬 파트라, 수정하는 데 시간이 오래 걸려요. 그 전에 당신과 무신의 싸움은 결판나 있을 겁니다.]

성지한은 어처구니가 없었다.

무신한테 지면 그놈은 계속 무한회귀로 힘을 쌓다가 관리자가 되고.

무신을 이겨도, 인류 전체가 상급 종족으로 올라가면서 불타올라 적색의 관리자가 된다는 거잖아?

'무신도 적색의 관리자와 연관이 있다고 생각하면…… 결과는 뭐가 되든 적색의 관리자만 득을 보는 결과군.'

[맞아요.]

'근데 그를 내가 어떻게 막지? 나도 네 말에 따르면 적색의 관리자의 일부 아닌가.'

[그렇죠. 하지만, 아직 그에게 통제받고 있지는 않죠.]

이그드라실의 목소리에서 웃음기가 감돌았다.

[가장 쉬운 방법은, 당신이 저에게 오는 거예요. 이그드라실의 정원사가 되면, 당신 종족도 챙겨 주도록 하죠.]

'그거 말고.'

[굳이 쉬운 길을 돌아가네요. 그럼…… 그래. '놀라운 업적'을 보이세요.]

'업적?'

[흑백의 관리자마저, 당신을 인정하게 할 만한 업적요. 적어도, '임시 관리자'로 임명해도 될 만큼 뛰어난 업적을 말이에요.]

* * *

성지한은 미간을 찌푸렸다.

임시 관리자라니.

지금 성좌도 안 됐는데 뭔 몇 단계를 점프하라는 거야.

'……무슨 업적을 쌓아야 그게 되나?'

[그건 당신에게 달렸죠. 다만, 성좌가 되기 전에 성과를 보여야 할 거예요. 성좌 후에는 아무래도 업적의 평가치가 깎이니까.]

'어쨌든 임시 관리자가 되면, 적색의 굴레에서 벗어날 순 있나?'

[당신이 관리자가 되어서 편집하면 되죠. 아무리 임시라도 출신 종족에게 그 정도는 할 수 있거든요.]

그러면서 이그드라실은 말을 덧붙였다.

[임시 관리자 임명에 있어선 관리자 다수의 동의가 필요하지만, 그건 제가 적극적으로 찬성할게요. 정식은 반대할 거지만.]

'정식은 왜?'

[당신이 정식 관리자가 될 정도면 제가 피곤해질 테니까요.]

알긴 아네.

'그래…… 어쨌든 참 친절하게 설명을 해 주었군. 도무지 이 사실, 믿을 수 없을 정도로 말이야.'

[후후, 왜 그러겠어요?]

성지한의 의문에 이그드라실은 웃으며 답했다.

[이대로 가다간, 적색의 관리자가 저보다 먼저 상시 관리자가 될 것 같거든요.]

'……'

[그가 올라가면, 절 방해할 게 뻔하죠. 그 전에 제가 훼방을 놓아야 하지 않겠어요?]

언제는 협력 관계라고 하더니.

바로 서로의 뒤통수를 칠 준비를 하고 있는 게 위쪽 세계인가.

'하나 이러니 오히려 이그드라실의 말에 신뢰가 가네.'

물론 그렇다고 해도 완전히 믿을 건 아니겠지만.

적색이 순순히 올라가지 못하도록 방해하겠다는 이그드라실의 스탠스 자체는 사실로 보였다.

[그럼 언제든, 쉬운 길을 택하고 싶으시다면 절 부르세요. 엘프로 개조해서 그들처럼 아껴 줄 테니.]

'가는 건가.'

[흑백에게 안 들킨 상태로 이렇게 대화하는 거, 생각보다 쉽지 않답니다. 저니까 한 거예요.]

슈우우우…….

이그드라실의 목소리가 옅어지고.

성지한 내부의 세계수에서, 이물감이 사라졌다.

내부로 들어와서, 진짜 대화만 하다가 간 그녀.

그리고 세상은 다시, 원래 세계수 엘프 55와 싸우던 전장.

하늘숲으로 되돌아왔다.

'…….'

1경기가 곧 종료된다는 메시지와 함께 끝나지 않았던

게임은.

[1경기가 종료됩니다.]

이제 확실히 종료된다고 뜨면서, 끝이 났다.

['세계수 이그드라실의 아바타'를 소멸시켰습니다.]
[레벨이 20 오릅니다.]

한편 레벨 업을 시켜 주겠다는 제안까지, 죽으면서 완벽하게 지킨 이그드라실.

[레벨이 스타 리그의 상한선을 넘습니다.]
[플레이어의 수준이 소속 리그를 훌쩍 뛰어넘은 상태입니다. 상위 리그로 즉시 편입됩니다.]
['챌린저 리그 – 9'에 소속됩니다.]

이젠 승급전도 없이 올려 주네.
20 레벨 업이 그대로 보전되는 건 좋지만, 승급전 보상이 사라진 걸 보고 아쉬워하던 성지한은.
'…….'
사라지는 세상에서, 완전히 말라 비틀어진 하늘숲과.
심장이 터지고 먼지가 되어 사라진 엘프의 흔적을 볼

수 있었다.

'엘프처럼 아껴 준다던 결과가 저건가. 이그드라실의 밑에 가면 나도 결국 저 꼴이 되겠군.'

이그드라실과 '대화'한 거야, 쓸 만한 정보를 많이 얻었기에 성지한도 수확이 있었다고 평가했지만.

대화를 위해 세계수 엘프 55를 터뜨려 버린 모습을 보면, 역시 그녀 밑에 들어가는 건 미친 짓이라는 걸 알 수 있었다.

그리고.

=2경기 시작합니다! 어…… 엘프들, 몸이 왜 저러죠?

=다 공장에서 뽑아낸 듯한 모습이 아니라, 말라 비틀어져 있군요.

=어…… 아니. 우리 선수들. 아무것도 하지 않았는데 픽픽 쓰러집니다!

바로 다음에 열린 두 번째 경기에서.

성지한은 이그드라실이 아바타로 강림한 결과가 어떤 건지 확실히 체감할 수 있었다.

바퀴벌레 저리 가라 할 재생력을 선보이던 엘프들은, 이제 홀로 서 있지도 못하고 픽픽 쓰러졌으며.

"이그드라실이시여…… 멸족이 당신의 뜻이라면, 이를 따르겠나이다."

감독이자 밴에서 풀려 2경기에 출전한 엘프 대신관은, 어떻게든 서 보려다가 쓰러지고는.

땅바닥에서 힘겹게 기도하다가 가루가 되어 사라져 버렸다.

"뭐야……."

"이, 이대로 끝?"

"스페이스 리그 경기 중에 제일 허무한데."

공격하기도 전에, 먼저 쓰러져 버리다니.

리그 내 최강 종족인 엘프답지 않는 최후에, 플레이어들이 찝찝한 듯 2경기 종료 결과를 맞이하고 있을 때.

=3경기는…… 왜 시작이 안 되죠?

=상대 팀 감독, 아직도 나오질 않고 있습니다만…….

감독실에서 밴, 셀렉트 카드를 나누고 3경기를 준비해야 할 엘프 대신관이 나오질 않고 있었다.

그렇게 얼마나 기다렸을까.

=어…… 어?

=저, 저희…… 부전승입니다?

해설자들의 황당해하는 목소리와 함께.

3경기는 스페이스 리그 최초로, 부전승이 떠올랐다.

—부전승?

—뭐야 이건;

—스페이스 리그 개막 첫해에 별 걸 다 보네 ㄷㄷ

브론즈 리그 1등이었던 세계수 엘프 55.

성지한이 있기에 이길 거라곤 생각했지만, 밴의 유무에 따라 꽤 치열한 전투가 예상되었는데.

1경기 때 이그드라실의 아바타가 강림하더니 그 이후부터는 상대 종족이 사라지자, 시청자들은 당혹스러워했다.

그리고.

=아…… 상대 플레이어가 모두 소멸했다고 뜨는군요!

=아까 상대 팀에 강림한 이그드라실 때문일까요? 갑자기 세계수 엘프 55의 전력이 사라져 버렸습니다.

=이렇게 되면…… 저들이 차후 리그가 진행되는 상황에서도 재기할 수 있을까요?

=글쎄요. 어떻게 될지 확신은 못 하겠습니다만, 한동안은 회복이 힘들지 않겠습니까?

세계수 엘프 55의 플레이어들이 모두 소멸했다고 뜨며, 강제로 승리 처리된 인류.

해설자들은 현 상황에 황당해하면서도, 앞으로 어떻게

될지에 대해 예측하고 있었다.

—녹색의 관리자가 강림한 대가가 이 정도인가??

—채팅창에서 뻘소리만 하길래 별거 아닌 줄 알았는데 모습 잠깐 드러냈다고 상대 종족이 멸망하네 ㄷㄷ

—ㄹㅇ…… 근데 와서 진짜 레벨 업만 시켜 준 거임? 대화하는 건 별로 못 봤는데.

—ㅇㅇ 성지한 채널로 봐도 별 이야기 없던데.

—게임이 평소보다 좀 늦게 끝나긴 했음 사라지면서 뭔가 한 듯?

채팅창에서는 맨날 제안만 하다가 까이던 이그드라실이라 그렇게 대단한 존잰가 싶었지만.

관리자는 강림하고 난 후 후폭풍을 보면서 사람들은 이그드라실의 격이 얼마나 높은지 자각했다.

그리고.

'결국 망했군…….'

세계수 엘프 55 소속 플레이어가 죄다 사라진 걸 보고, 성지한은 생각했다.

'근데 저런 결과를 야기한 관리자의 아바타를 죽였는데도, 놀라운 업적은 아닌 건가.'

아무래도 이그드라실이 죽어 준 것에 가까워서 그런지.

그놈의 '놀라운 업적'은 미동도 없었다.

'그럼 뭘 깨야 해?'

임시 관리자가 되기 위해서 필요하다는 놀라운 업적.

하나 그 조건에 대해서는 자세한 정보가 없었다.

'아마 성좌 이기는 정도론 안 될 거 같고…….'

성좌가 안 된다면, 그 위는 대성좌인데.

성좌가 되기 전의 몸으로, 대성좌를 이기라는 건가.

'하긴 그 정도는 보여 줘야, 임시라도 관리자 직을 제안하겠지…….'

배틀넷의 피라미드에서 가장 최상부에 있는 관리자 자리.

아무리 임시라고 해도 거기까지 한 번에 점프하려면, 그만큼의 업적이 필요하겠지.

성지한은 3경기까지 순식간에 끝나는 스페이스 리그 경기를 보면서, 곰곰이 생각에 잠겼다.

"처남, 안 가나?"

"아, 매형. 가야죠."

그런 그에게, 윤세진이 다가와 말을 걸었다.

"오늘은 참 경기가 쉽게 끝났군."

"이그드라실의 강림이 그만큼 세계수 엘프에게 타격이었나 봅니다."

"저들이 저런 상태를 계속 유지한다면, 리그 꼴찌는 세계수 엘프 55가 확정적이겠네."

“또 언제 그랬냐는 듯 되살아날 수도 있으니, 대비는 해야겠죠.”

“그렇지. 어쨌거나 관리자가 뒷배인 종족이니까.”

그렇게 성지한과 이야기를 주고받던 윤세진은.

주변을 슬쩍 둘러보더니, 성지한에게 목소리를 낮추어 말했다.

“근데 처남. 세아 요즘 행동이 이상하던데…… 혹시 알고 있는 거 있나?”

“세아가 그랬나요?”

“응, 나한테 뭘 말하려다가 자꾸 주저하던데…….”

성지한은 곤란한 듯 턱을 매만지는 윤세진을 보면서 잠시 생각에 잠겼다.

‘매형도 사실 이세계로 보낼 수 있으면 보내는 게 좋은데.’

누나 성지아는 비록 윤세아가 이세계를 가도, 마왕까지 토벌할 수 있을 거라고 말했지만.

그거야 힘이 계속 유지될 때 이야기고.

막상 거기로 탈출하고 나면 무슨 일이 벌어질지 미지수긴 했다.

물론 망혼이 같이 가긴 하겠다만.

윤세진까지 탈출하는 게 안전을 위해선 좋을 거 같은데.

‘인간이라서 안 된다고 했나.’

종족을 바꿔서 옮겨야 하는데, 윤세아처럼 귀가 튀어 나오는 등의 진화를 보여야 종족 변경을 할 수 있다고 했지.

"세아 문제는 집에 가서 말씀드리겠습니다. 근데 매형, 종족 진화하면서 뭐 변화한 거 없습니까? 세아처럼 귀 튀어나온 거 같이 말이죠."

"나? 글쎄. 더 건강해진 느낌밖엔 없던데."

혹시나 해서 물어보았지만, 진화해도 별다른 점을 찾을 수 없었던 윤세진.

그럼 여기서부터 이세계 탈출 조건에서는 탈락이군.

하지만.

'……왠지 저건, 사감이 섞여서 저런 거 같은데.'

공허의 문을 넘기 위해선 인류면 안 된다고 했는데.

냉정히 생각해 보면, 성지한도 진화했는데 인간의 몸에서 변한 건 없지 않던가.

처음엔 같이 탈출하기로 했으니까, 그런 조건이면 자신도 탈락 아닌가?

'매형은 안 된다고 하는 게, 워낙 악감정이 쌓여서 그런 것도 있지 않을까.'

윤세진한테 배신당한 기억만 가지고, 뭉쳐 있는 태극의 망혼이라면 그럴 만도 하지.

자신도 저번 생에서의 기억만으로도, 윤세진에게 이를 갈았었는데.

태극의 망혼은 그런 기억이 엄청나게 중첩이 되어 있을 테니.

현재의 윤세진이 반성하고 윤세아에게 헌신한다고 한들, 인정할 수가 없을 거다.

'탈출 전에 진짜 안 되는 건지 확실히 확인을 해야겠어.'

그리고 그 전에.

윤세진에게는 사정을 어느 정도 설명할 필요가 있겠지.

"일단 집에 가서 이야기하실까요?"

"그래. 세아는 아처 플레이어들과 함께 저녁 먹고 온다니까. 우리끼리 먼저 가지."

"예. 그러죠."

* * *

"……이것이 누나와 망혼의 계획입니다."

"그래. 탈출이라……."

집에 돌아와 성지한의 설명을 들은 윤세진은, 곰곰이 생각에 잠겼다.

"처남이 보긴 어떤가. 그거, 안전한 거 같나?"

"확신은 없지만, 여기보단 낫겠죠."

"……여기가 그렇게 위험하나? 오히려 요즘 상황이 배

틀넷 튜토리얼 때보다 좋아 보이는데.”

튜토리얼 시기 때에는, 던전 포탈의 몬스터 때문에 수많은 사람들이 죽거나 터전을 잃었지만.

오히려 본 게임에 들어간 요즘은, 던전 포탈을 제거해서 빼앗긴 땅도 되찾고.

리그 내 순위도 올라 던전 자체가 덜 생성되고 있었다.

거기에 인류는 진화까지 경험했으니, 그야말로 최전성기라고 할 만한 상황.

윤세진은 왜 이런 황금기 때 피신을 가는지 이해하질 못했지만.

“지금은 평화로워도, 위험한 순간이 올 겁니다. 그때만 잠시 피신해 있으면 되죠.”

“……그래. 처남 말이 맞겠지. 처남이 틀린 말을 한 적은 없었으니까.”

“매형도 같이 가는 게 어떻습니까?”

“나도?”

“네.”

“…….”

성지한의 말에 곰곰이 생각하던 윤세진은.

“지아는 뭐라던가.”

“종족 진화시 변화가 없어 안 된다고는 했는데, 설득 한번 해 보려구요.”

“일단은 안 데려간다고 했나 보군.”

성지한의 말에 씁쓸히 웃었다.

"내가 몹쓸 짓을 많이 하긴 했지…… 물론 그것이 세뇌 때문이라고는 해도, 과거 저지른 잘못이 사라진 건 아니니까."

"뭐……."

"거기에, 나는 이미 많은 사람들에게 실망을 안겨 줬어."

윤세진은 창가에 다가가, 야경을 바라보았다.

강남 한복판이 그대로 보이는 화려한 풍경.

그는 반짝이는 도시를 눈에 담으며, 말을 이었다.

"조국에서 내게 기대하는 바가 클 때, 바다를 건너 일본으로 가 버렸으니까. 그때 사람들에게 주었던 실망감과 절망에 대해선, 아직도 죄스럽네."

"……."

"검왕가에선, 안타깝게도 자살한 사람까지 여럿 있다고 했지……."

검왕의 팬클럽이던 검왕가.

지금은 성지한의 인기에 밀려 아래로 밀려났지만, 그래도 한때는 한국 사람이면 당연히 검왕가에 가입해야 한다는 이야기가 나돌 정도였다.

근데 그런 그가 갑자기 일본으로 가서 격한 발언을 쏟아 내니.

우상의 배신에 충격을 이기지 못하고, 극단적인 선택을

하는 사람들도 여럿 나왔었다.

"나까지 다른 세계로 탈출하기엔…… 염치가 없지."

"그렇습니까."

"그래. 지아와 또 다른 처남이 같이 간다면, 굳이 나까지 안 따라가도 되지 않겠나."

성지한은 윤세진의 뜻이 확고한 걸 보고는, 고개를 끄덕였다.

개인적으로는 윤세아와 같이 가 줬으면 했지만.

본인의 의지가 저러니, 어쩔 수 없지.

그때.

삑. 삑삑.

현관문 열리는 소리가 들리더니.

얼굴이 새빨개진 윤세아가 집으로 들어왔다.

"삼촌!!"

"술 먹었냐."

"헤헤. 나도 성인인데 뭐 어때!"

"세아야. 너 대체 얼마나 마신 거야…… 플레이어가 취하긴 쉽지 않은데."

"언니들이 그래서 독한 술만 줬어!"

성지한에게 쪼르르 달려온 그녀는.

흐리멍덩하게 풀린 눈으로 그를 바라보더니, 와락 껴안았다.

"나, 나. 결심했어! 안 갈 거야!"

"그래?"

"나 혼자 도망쳐서 뭐 해! 이세계에서 외계인들이랑 살라고? 안 가. 안 가!"

성지한의 품에 얼굴을 묻던 윤세아는.

스윽.

주변을 바라보더니, 윤세진을 발견하곤 히죽 미소를 지었다.

"헤, 아빠도 있었네?"

"아까부터 있었는데…… 삼촌만 보이니?"

"에이, 아니지……!"

아빠보다 삼촌에게 먼저 달려드는 윤세아를 보고, 윤세진이 섭섭하다는 듯이 그리 말하자.

슉!

성지한에게 떨어진 윤세아가 이번엔 윤세진에게 안겼다.

"아빠랑! 삼촌만 놔두고 이세계 안 갈 거야!"

"……대체 얼마나 먹인 거야. 하연주한테 한마디 해야겠군."

"그래! 우리 팀 리더, 연주 언니도 놔두고 어떻게 가!"

궁수진의 리더, 하연주 이름이 나오자 오히려 더 안 간다고 주정을 부리는 윤세아.

그녀는 그렇게 한참 안 간다 안 간다 하다가.

문득 정신을 차린 듯, 뜨끔한 얼굴로 성지한을 바라보았다.

"아, 삼촌…… 이거. 말하면 안 되는 거였나? 아빠한테는?"
"이미 했어. 매형도 안 가신대."
"그래? 역시 아빠! 나도! 나도 남을게!"
윤세진이 알고 있다고 하자, 윤세아는 안심하면서 그 후로도 절대 피신하지 않겠다고 몇 번이고 소리를 질렀다.
'설득은 불가능하겠네.'
지금까지 계속 고민하는 거 같더니, 술에 취하고는 본심을 이렇게 털어놓는 윤세아.
그녀는 이세계로 도망칠 생각이 없는 게, 확고한 것 같았다.
이러면 뭐.
'말로는 설득이 안 되겠네.'
성지한은 그리 생각하면서, 겉으로 싱긋 웃었다.
"그래. 알았어."
"알았어? 그럼 나 안 가도 되는 거야?"
"그래. 안 가겠다는데 억지로 어떻게 이세계에 보내겠냐."
"진짜? 진짜지? 나 안 가도 되는 거지?"
"어, 진짜다. 누나랑 망혼에게도 내가 따로 이야기할게."
"와……!"
성지한이 그렇게 이야기하자, 윤세아의 얼굴이 안심한 듯 풀렸다.

"그래…… 나만 혼자 도망치라는 거, 스트레스야…… 어떻게 가족이랑 친구들 다 버리고 떠나냐고."

"여행 간다고 생각하라니까 그러네."

"여행은 무슨! 피신시키는 거 다 뻔히 아는데……! 어쨌든 진짜 안 보내는 거지? 진짜지?"

"그래그래. 안 보낸다."

"휴우……."

성지한의 확답에, 윤세아는 안도의 한숨을 쉬었다.

삼촌에게 이렇게까지 확답을 받았으니까,

이제 이세계 탈주는 없는 일이 되겠지.

"안심하니 졸리다…… 나 자러 갈게……."

"그래. 들어가서 쉬어."

성지한의 말이 끝나기가 무섭게, 씻으러 가는 윤세아.

윤세진은 그런 딸의 모습을 보면서, 성지한을 힐끗 바라보았다.

"……정말 안 보낼 생각인가?"

"글쎄요."

그저 씨익 웃기만 하는 성지한.

"그럴 생각은 없어 보이는군."

윤세진은 그 표정을 보며, 나직이 한숨을 쉬었다.

그리고 시간이 흘러, 태극의 망혼과 약속한 당일.

[왔나.]

"그래, 문 열어. 시작하자."

성지한은 어비스에 도착했다.

"……."

점혈이 찍혀 잠든 윤세아를 대동하고.

* * *

평양의 어비스 너머.

그곳은 보랏빛의 공허만 자욱히 낀 채, 맨 뒤편에는 거대한 어비스의 주인이 주저앉아 웅크려 있었다.

그리고 그 앞에 서 있는 존재는 둘.

성지한의 모습을 하고 있는 태극의 망혼과, 석상 상태의 성지아였다.

"저 몸뚱어리는 아직 남아 있네. 아직 완전히 장악하지 못한 거냐?"

성지한이 거인의 형체를 보고 말하자, 망혼이 고개를 가로저었다.

"아니. 흡수할 수는 있지만 효율이 좋지 않아. 대신 저것의 힘은, 공허의 문을 열 때 쓰일 거다."

동방삭이 설치한 태극 덕에 주도권을 쥐긴 했지만, 그 힘은 어디까지나 탈출에 쓸 거라는 태극의 망혼.

그는 점혈이 찍혀 잠들어 버린 윤세아를 힐끗 보았다.

"그 모습을 보아하니, 설득은 안 되었나 보군."

"어. 확실히 안 간다고 해서, 점혈 찍었다."

"점혈…… 그런 게 먹혔나. 세아도 꽤 강력한 플레이어일 텐데."

"동방삭이 가르쳐 준 게 효과가 좋거든."

"……그래. 동방삭이."

망혼은 그 이름이 마음에 들지 않는 듯, 눈썹을 찌푸렸다.

"그자에 의해 내가 주도권을 찾게 되었지만, 설치한 태극에서 어떤 부작용이 일어날지 모른다. 일을 빨리 진행하도록 하지."

"어떻게 진행시킬 생각이냐?"

"일단은 종족 변형을 해야 한다."

망혼이 그러며 성지아를 바라보자, 그녀가 손바닥을 폈다.

[소환.]

스으으윽.

그러자, 보랏빛 운무로 가득한 바닥에서 거대한 유리 시험관이 튀어나왔다.

"……뭐야 저거?"

[종족 변환 키트야. 경매장에서 팔지.]

"경매장에 그런 물건도 있다고……."

[너는 검색해도 안 나올 거야. 공허 쪽에서만 검색이

가능한 거라서.]

성지한은 윤세아가 열 명은 들어갈 법한 크기의 시험관을 보곤 미간을 찌푸렸다.

"저거 안전하긴 해?"

[세아한테 사용하는 건데, 안정성부터 따졌지. 최고급 중에서도 가장 좋은 품질이야.]

성지아는 그러면서 시험관의 문을 열고 인벤토리에서 물건을 꺼내기 시작했다.

"……뭐야 그거?"

[종족 변환 키트에서 기본적으로 세팅된 성공 확률이 95퍼센트인데, 여기서 확률을 더 높이는 물건이야.]

툭. 툭.

어떤 생명체의 것인진 모르지만, 머리뼈와 살점부터 시작해서.

보석류에 광석까지 별별 물건들이 다 들어가는 시험관.

그렇게 들어간 물건들은.

위이이잉……!

믹서기에 들어간 음식처럼 순식간에 갈리더니, 유리관의 색을 변환시켰다.

[됐어. 100퍼센트야 이젠.]

"뭐 넣은 거야 방금?"

[강화 성공 확률 올려 주는 재료. 보기엔 그래도 몸에 좋은 거야.]

몸에 좋은 거면 옛날부터 다 믹서기에 갈아서 주더니, 성좌급인 공허의 마녀가 된 지금 상태에서도 저러네.

성지한은 윤세아 점혈 찍길 잘했다고 생각했다.

탈출을 결심해도, 물건들 갈린 거 보면 저 믹서기 안으론 들어가고 싶지 않을 테니까.

[자, 그럼 시작할까?]

"……그래. 이상하면 바로 부순다 저거."

[물론이지. 문제 생기면 내가 먼저 부술 거야. 하지만 검증된 업체 물건이니 그럴 일은 없을걸?]

성지아는 자신만만하게 유리관의 문을 열었다.

'누나가 저렇게까지 보증하니까, 괜히 믿음이 안 가네.'

성지한은 뭐 좀 이상하다 싶으면 바로 폭파시켜야겠다고 생각하면서, 잠든 윤세아를 시험관에 일단 보냈다.

그러자, 금방 안에서 물이 차오르나 싶더니.

삐릭!

[변환 대상, 종족 판별…… '인류'로 판정.]

[인류, 최신 업데이트로 '변환 금지 종족' 리스트에 포함. 종족 변환 불가능]

시험관 위에서 경고 메시지가 떠오르며.

치이이익…….

문이 저절로 열리더니, 윤세아를 다시 밖으로 밀어냈다.

*　*　*

[아니…… 금지라고? 예전엔 분명 주의 종족이었는데…….]

성지아는 믿기지 않는다는 듯 메시지가 뜬 유리관을 향해 다가갔다.

[말도 안 돼…… 주의 종족이면, 일부 진화된 상태면 바꿀 수 있는 거였잖아? 내가 이거 정품이라서 샀는데!]

“저런 거에 정품이고 정품 아니고가 있어?”

[어. 세아한테 하는 건데, 확실한 물건을 샀지……!]

이럴 줄 알았으면 정품을 안 사야 했나?

아니. 그럼 위험했어.

성지아는 혼자 중얼거리면서, 눈앞에 펼쳐진 현실을 믿지 못하고 있었다.

“최신 업데이트로 막히다니…… 인류가 변환 금지까지 될 종족인가?”

종족 변환 후, 이세계로 대피시킨다는 계획이 초장부터 어그러지자 망혼은 황당하다는 듯 시험관을 바라보았다.

인류가 대체 뭐라고, 최신 업데이트로 종족도 못 바꾸게 하는 건지 도무지 이해가 가지 않았던 것이다.

하지만, 성지한은 짚이는 곳이 있었다.

‘최신 업데이트로 변환 불가 판정이라…… 그러고 보면, 녹색의 관리자도 인류에 적색의 관리자가 스며들었

다고 판단한 것이 종족 진화 이후라고 했지.'

종족이 진화된 이후, 인류에게서 발견되었던 적색의 관리자의 흔적.

이를 알아냈다면, 변환 금지 조치도 충분히 줄 만했다.

"저거 만든 곳이 정확히 어딘데?"

[……공허의 종족연구소야.]

"그럼 공허도 파악한 건가."

[뭘?]

"인류가 적색의 관리자와 엮여 있다는 걸."

[……그게 대체 무슨 소리니?!]

성지아가 그 말에 화들짝 놀라자, 성지한은 덤덤하게 답했다.

"녹색의 관리자가 적색은 인류 그 자체라고 했거든. 그 말이 완전히 신뢰가 가진 않았는데, 공허에서 변환 불가까지 해 놓는 걸 보니…… 아무래도 맞는 거 같군."

"인류가, 적색의 관리자라고……?"

"그래."

"인류가…… 그랬단 말인가."

망혼은 성지한의 말을 듣고는, 뭔가 짚이는 게 있었는지.

한동안 적색의 관리자만을 읊조렸다.

"……종족 변환도 막혔다면, 공허의 문은 더 강하게 막혀 있겠지."

[그럼, 탈출은 불가능한 거야?]
"현 상태에서는 불가능해."
뒤편의 거인.
그리고 성지한과 성지아를 돌아보던 망혼은, 입술을 깨물었다.
"……이 방식이 막힌 이상, 방법은 하나다."
"그게 뭐지?"
저벅. 저벅.
성지한의 물음에, 주저앉은 거인의 육신에 다가간 망혼은.
그의 몸에 손을 뻗었다.
그러자.
쩌어어억!
저절로 갈라지는 거인의 육신.
망혼은 그 안으로 스스로 발을 디뎠다.
스으으…….
망혼의 몸이 곧, 거인의 육체에 들어가 사라지고.
거인의 신체에 있던 붉은 눈 하나가 번뜩이며.
그 안에서 음성이 흘러나왔다.
[성지한…… 우리가 개별적으로 존재하는 이상, 이 세계에서 탈출할 수는 없다. 금제를 뚫기 위해선, 힘을 합쳐야 한다.]
쩌어어억!

그러면서, 또다시 갈라지는 거인의 육신.

성지한은 그 균열을 물끄러미 바라보았다.

“힘을 합친다는 게, 나도 저기 들어가라는 거냐?”

[맞다.]

“그래…… 들어갔다 치면, 일을 어떻게 진행시킬 거지?”

[막힌 공허의 문을 힘으로 부수고, 목표했던 곳으로 공간을 뛰어넘는다.]

“방법 자체는 심플하군.”

[하지만, 실제로 실행하려면 지금보다 훨씬 막대한 힘이 필요하다…….]

번뜩! 번뜩!

거인의 신체에 박혀 있던 눈이 하나둘씩 떠지면서, 짙은 공허의 기운을 흘리기 시작했다.

[네가 우리와 합세하면, 적색의 관리자의 힘을 이용할 수 있겠지. 그럼 인류도, 충분히 에너지원이 된다.]

“인류를 탈출의 에너지원으로 쓰겠다고…….”

[그래. 어차피 적색의 관리자라는 게 밝혀진 이상, 인류는 금방 정리될 운명…… 이왕 죽는 거, 우리 가족 둘이라도 살려 주는 게 낫겠지.]

“멸망의 주체를 해 봐서 그런지, 스케일이 크군.”

인류 멸망 시나리오 때, 어비스의 주인이 태극을 발동했던 걸 떠올리며.

성지한은 왼손에서 검을 꺼내 들었다.

태극의 망혼이 꾀하는 방법이 어떤지는 알겠지만.

'실패한다. 이 방식은.'

성지한은 확신했다.

공허의 문을 부수고, 공간 이동을 하겠다는 계획은.

지금 망혼의 행동은 일이 처음부터 틀어진 걸, 인정하지 못하는 것뿐이다.

그가 그렇게 검을 꺼내 들자, 망혼이 탄식했다.

[역시…… 협조하지 않을 생각인가? 70억보다 둘이 소중하다는 걸 아직 모르는구나…….]

"아니, 그렇진 않아. 그 기분은 알 것도 같다만."

스으윽.

성지한은 70억보다 2명이 가치 있다는 망혼의 계산을 일견 긍정하면서도.

"확실한 감이 왔어."

[감?]

"너랑 합치면, 그걸로 이번은 끝이라는 감이."

그의 제안은 완전히 거부했다.

[지한아! 감이라니. 아직도 그 이야기니?]

"어. 확실히 느꼈어."

[그러지 말고, 우리 방법을 찾아보자. 종족 변환 키트, 정품 아닌 걸로. 업데이트 적용 안 된 거로 테스트해 보면 어때? 그리고 이세계로 가는 것도, 꼭 공허의 문을 통하지 않아도 방법은 있을 거야.]

성지아는 싸우려는 둘을 어떻게든 말리려는 듯, 방법을 생각해 보자고 말했지만.

"누나가 그렇다는데, 어떻게 생각하지?"

[……불가능하다. 지금껏 여러 방법을 찾고 찾아, 결국 도출해 낸 결론이 그것이었으니.]

성지한의 물음에, 단칼에 안 된다고 대답한 망혼은.

스으으으…….

그가 들어오라고 갈라 놓았던 육체를 다시 원래대로 수복했다.

[네 감…… 지금까지 최적의 선택을 해 왔던, 그것인가.]

"그래."

[……알겠다. 네 선택은 존중하지.]

거인은 서서히 몸을 일으켰다.

쿠르르르!

어비스 공간이 일제히 뒤흔들리며.

짙은 공허가 성지한을 순식간에 잠식해 나갔다.

[하나, 결국엔 우리와 함께하게 될 것이다.]

설득은 포기하고, 힘을 쓰기로 한 태극의 망혼.

천마신공天魔神功

일검파천一劍破天

하나 성지한의 검이 일점을 찌르자.

짙게 밀려오던 공허가, 순식간에 사방으로 흩어졌다.

그걸 보고, 잠시 몸을 흠칫 떠는 거인의 신체.

[그건…… 이 육체가 기억한다. 동방삭의 검인가.]

"그래. 그에게서 아낌없이 배웠지."

[……그 검을 이 육신에서 펼친다고 생각해 봐라. 그럼 무신도 이겨 낼 수 있을 텐데?]

성지한은 그 말에 피식 웃었다.

어비스의 주인, 눈알 거인의 육신이 강력하긴 했지만.

"그 정도론 안 돼."

[안 된다고…….]

"그래. 그렇게 쉽게 끝낼 수 있었다면 진작 갈아탔지."

무신의 벽을 넘기엔 무리가 있었다.

하나 그런 그의 대답을, 거인의 육신에 들어오고 싶지 않아서 그런 거라 생각한 망혼은.

[부족하지 않다는 걸 보여 주지.]

스스스스……!

본격적으로 힘을 드러내려 했다.

그렇게 전투가 촉발되기 전.

"보여 주는 건 좋은데."

스윽.

성지한은 손가락으로 두 사람을 가리켰다.

"누나랑 세아는 여기 내버려 둘 거냐? 전투의 여파로

휩쓸릴 텐데."

[그래선 안 되지.]

애초에 두 사람 살리려고 일어난 싸움인데, 여기 휘말리게 할 수는 없지.

지이잉!

밖으로 나가는 포탈이 열리고.

[세아 데리고 나가 줘. 누나.]

[……아니, 정말 너희 둘 싸울 거야? 분명 방법이 있을 건데……!]

[싸우는 게 아니라, 두 의견이 하나로 통합되는 거라고 보면 돼.]

[그래도!]

[……어비스의 주인이 명한다. 세아를 데리고, 안전한 곳에 있어.]

[그건…… 하아, 알았어.]

성지아가 말로 설득이 되지 않자, 명령까지 내렸다.

[세아…… 계속 점혈한 상태로 둘 거야?]

"풀어 줄게."

타닥!

성지한이 손가락을 움직이자.

축 처진 상태에서 퍼뜩 정신을 차리는 윤세아.

"엑? 여긴…… 아 삼촌! 내가 안 간다고 했잖아……! 기절시키고 데리고 오는 게 어디 있어 진짜!!"

주변을 둘러보고 상황을 파악했는지 고래고래 소리를 지르는 그녀였지만.

"아, 미안. 근데 안 가게 됐다. 일 다 어그러졌어."

"에? 그게 무슨 소리야?"

"누나랑 나가서 기다리고 있어 봐."

"에? 에?"

[……가자. 세아야.]

성지아가 그녀를 짐짝처럼 들고, 포탈에 나설 때까지.

주변만 바라보면서 영문을 몰라 했다.

그리고 둘이 들어가자, 사라지는 포탈.

[다…… 잘 갔군.]

포탈이 완전히 닫힐 때까지 기다리던 망혼은.

[그럼, 시작하지.]

본격적으로 움직이기 시작했다.

* * *

어비스의 주인과 싸워 본 경험은, 인류 멸망 시나리오 때의 것도 카운트하면 이번이 3번째.

그때는 압도적으로 강했던 거인이었지만, 성지한도 그 시절에 비하면 상당히 발전한 상태였다.

다만.

[시간을 오래 끌진 않겠다.]

상대도, 그때처럼 수동적이진 않았다.

스스스…….

공허의 기운이 자욱하게 깔리더니, 일그러지기 시작하는 공간.

인류 멸망 시나리오 때 인류를 완전히 없앴던 저 일그러짐은.

예전보다 더 정교하게 성지한을 빨아들이고 있었다.

'나를 흡수하려고 드는군.'

동방삭이 태극을 부여해서 그런지, 예전엔 성지한의 신체를 모두 갈아 버릴 기세였다면.

이번엔 일그러짐 속에서 그를 빨아들여, 자신의 것으로 흡수하려는 망혼.

이 공격에 대해선, 성지한도 이미 대처법이 있었다.

혼원신공混元神功

멸신결滅神訣

만귀봉신萬鬼封神

검을 주변으로, 퍼지기 시작하는 만귀봉신의 문양.

그것은 마치 거대한 방패처럼 성지한의 앞을 가로막으면서, 거세게 가해지는 공격을 모조리 차단했다.

[성가시군.]

번뜩!

거인의 몸에 박힌 수천 개의 눈에서 붉은빛이 반짝이자.

치이이이익……!

만귀봉신의 문양이 가로와 세로로 베이며, 중앙부가 일점으로 꿰뚫렸다.

"이건…… 삼재무극인가. 동시에 펼쳤군."

횡소천군과 태산압정, 선인지로까지.

태극의 망혼은 기본공 삼재무극을 공허를 사용하여 동시에 펼쳐 내고 있었다.

[나도 무명신공을 이었으니까.]

"무명신공이라. 오랜만에 듣는 이름이군. 너희 중 그 누구도, 이름을 밝히진 못했나?"

[넌, 알아냈다는 건가?]

성지한의 말에 잠시 망혼의 공세가 멈추자.

스으으으…….

만귀봉신은 금방 원래대로 재생했다.

"난 알지."

[뭐지? 무명신공의 진짜 이름이. 매번 죽기 전에 궁금하던 것 중 하나였다.]

"이름을 알려 주는 건 어렵지 않다만, 내 궁금증도 풀어 주었으면 좋겠군."

[뭘 알고 싶나?]

"누나를 원래대로 되돌리는 방법. 내가 이기고 네가 소멸하면 자동으로 풀리냐?"

누나를 저렇게 석상 상태로 계속 둘 수는 없는 노릇.

그녀를 풀어 주지 않던 게 어비스의 주인이었으니, 성지한은 그에게 저 상태를 풀 방도도 있다고 생각했다.

그리고.

[…….]

성지한의 말에 잠시 멈칫하던 태극의 망혼은.

[누나를 원래대로 되돌리기 위해선, 열쇠가 필요하다. 이것 말이지.]

펑!

거인의 가슴에 박힌 눈이 하나 터지더니, 거기에 보랏빛의 열쇠가 대신 자리했다.

저게 석상의 몸을 옥죄고 있던, 사슬의 자물쇠를 풀 열쇠인가.

[나를 이기면, 얻을 수 있을 것이다.]

"그래? 그럼 바로 승부를 보면 되겠군."

[하나 그렇게 되면 누나가 성좌에서 다이아 서포터로 강등하게 될 것이다. 다른 세계에서 정착하기 전까지는, 공허의 마녀로서 지닌 힘이 필요해.]

"이세계는 어차피 물 건너갔잖아? 그러면 누나한테 사람 몸 찾아 줘야지."

[그 판단이 너와 나의 결정적인 차이다.]

성지한과 합세하면, 이세계로 탈출할 수 있을 거라는

망혼과.

이 일은 이제 불가능하다고 확신하는 성지한.

둘은 서로를 감정적으로 적대하진 않았지만, 입장 차가 워낙에 명확했다.

[그래서, 무공 이름은 뭐지?]

무명신공의 이름을 밝히면, 그의 무공도 강해지려나.

성지한은 잠시 정보만 빼먹고 안 가르쳐 줄까 하는 마음도 들었지만.

'됐다.'

또 다른 나는 열쇠까지 띄워 놓고 있는데, 이런 걸로 거짓말을 하고 싶진 않았다.

"혼원신공이다."

[혼원이라…… 그런 이름이었나?]

의문이 풀린 듯, 공세를 가속화하는 망혼.

치이이익!

방패 역할을 하는 만귀봉신에는 점차로 금이 커지고.

성지한의 몸도, 공간의 일그러짐 속으로 서서히 들어가려 했다.

'모든 수단을 총동원하지 않으면, 결국 흡수당하겠군……'

아무리 성지한이 성장했다고 해도, 망혼과는 지닌 힘의 차이는 상당했다.

그가 지금 자신을 집어삼키려고 드는 게 아니라, 소멸

시키는 게 목적이었다면.

지금보다 더 강렬한 파상공세에 확실히 데미지를 입었을 터.

'나를 흡수하려고 들 때, 타격을 입혀야겠어.'

그러려면, 전력을 다해야겠지.

성지한은 배틀튜브를 켰다.

그러자.

—오 챌린저 리그 게임 시작하는 건가?

—이번이 처음 아님? ㅎㅎ

—응? 근데…… 이거 인게임 아닌 거 같은데?

챌린저 리그로 올라간 성지한이 드디어 게임을 실행하는구나 싶어서 신나게 들어온 시청자들은.

—……저 거인 어디서 보지 않았음?

—저, 저거 인류 멸망 시나리오 때의 거인이잖아?!

—그때보단 좀 작은 크기 같은데…….

—그래도 생긴 건 똑같은데?? ——

—공간도 요상하게 일그러지고 있음 그때처럼.

성지한의 상대가 본격적으로 모습을 드러내자, 분위기가 대번에 심각해졌다.

인류가 브론즈 리그 강등전을 이겨 냈음에도 종말을 야기한, 평양 어비스의 주인.

그가 화면 속에서 거대한 존재감을 내보이고 있었으니까.

그리고.

—오…… 이건 저번에 봤던 적이네.

—저 괴물이랑 벌써 맞붙는다고?

—움직이는 모습을 보니 그때처럼 멍하니 있는 것도 아닌데…… 이거, 승패가 금방 갈리겠어.

—아, 안 되는데…… 인류 종족에 베팅 좀 하려고 했는데 이렇게 멸망하면 어떻게 해?

외계의 시청자들도 방송 ON 상태를 보고 대거 유입되자.

[스타 버프가 활성화됩니다.]

모든 능력이 100% 증가하는, 강력한 버프가 활성화되었다.

그러자, 조금 전 속절없이 잘리던 만귀봉신이 금방 회복하고.

공간의 일그러짐은, 더 확장되지 못하고 성지한에게 영

역을 내주고 있었다.

그리고.

번뜩!

[너, 설마 배틀튜브를 틀었나…….]

"어. 능력 버프 좀 받아야지."

[……실망이구나.]

성지한의 배틀튜브 ON에, 지금까지 싸우긴 해도 적대적이진 않았던 망혼이.

처음으로 모든 눈에서, 그에게 살기를 내보였다.

[배틀튜브로 우리의 전투를 생중계하면, 차후 계획에 차질이 생기는 걸 모르진 않을 텐데.]

망혼이 말하는 차후의 계획이야 당연히.

성지한을 흡수한 후, 그 힘으로 윤세아와 성지아를 데리고 탈출하겠다는 거겠지.

한데 이 전투를 배틀튜브를 통해서 생중계하면, 이 일에 차질이 생길지도 모른다.

하나, 그거야 저쪽의 사정일 뿐.

"그래서 버프 포기하라고?"

성지한은 능력치 100% 증폭 효과를 포기할 생각이 없었다.

애초에.

'탈출은 불가능해졌으니까.'

인류가 적색의 관리자라고 의심받고.

이를 공허 측에서도 알아챘는지, 탈출하지 못하게 제재를 가하고 있는 이 상황에선.

성지한이 얌전히 망혼과 합쳐서, 이세계로 도피하려고 해도 저들의 추격을 뿌리치긴 힘들었다.

'탈출 가능성이 보였으면 합세했을지도 모르지만…… 그게 불발된 이상, 내가 상황을 주도해야 해. 여기선 모든 힘을 동원해서라도, 망혼을 제압한다.'

그러기 위해선 필수적인 스타 버프였으니, 배틀튜브는 꼭 켜야 했다.

하지만.

[……버프. 허, 결국 감이니 뭐니 해도.]

성지한의 말을 들은 망혼은 그에게 크게 실망하고.

[자기가 살기 위해서 버텼던 건가.]

더 나아가 강렬한 살의를 내보였다.

[……일을 그르치기 전에, 그 방송. 더 틀지 못하도록 해 주지.]

스스스스…….

공간의 일그러짐이 더욱 가속화되고.

어비스의 공간 내부가, 종이 구겨지듯 접혀지기 시작했다.

[일단 죽어라. 흡수는 그 후에 하겠다.]

찌이이익……!

본격적으로 압박해 오기 시작하는 망혼.

성지한은 그런 그를 마주하며, 묵묵히 반가면을 썼다.
그러자, 증폭하는 공허.
'흡수는, 너만 할 수 있는 게 아니지.'
성화를 떠올린 그는, 태극의 망혼에게 먼저 나아갔다.

* * *

배틀튜브가 켜진 지, 1시간째.

—와…… 이거 실제 상황이지?
—성지한 몸 저렇게 터져 나가는 거 처음 보는 거 같은데…….
—거인도 재생력 장난 아니네.

붉은 눈의 거인과 성지한의 격돌은, 방송이 시작된 지 1시간밖에 흐르지 않았음에도 전 인류의 이목을 집중시켰다.
물론 원래도 성지한의 방송은, 가장 주목도가 높긴 했지만.
지금 그의 전투는 평소보다도 훨씬 더 많은 시청자들을 불러 모으고 있었다.
그도 그럴 것이.

—여기서 성지한 지면 인류 멸망임? ㄷㄷㄷㄷ

—에이, 설마…… ㅡㅡ

—설마로 치부할 문제냐 ㅋㅋㅋㅋ 지금 이게 우리의 마지막 배틀튜브 방송일지도 모름…….

성지한의 상대가 인류 멸망 시나리오의 보스로 악명 높았던 어비스의 주인이었기에.

현 상황이 사람들로선 걱정이 안 될 수가 없었다.

거인의 눈알에서 붉은빛이 번뜩이더니.

치이이익……!

거기서 강렬한 레이저가 뿜어져 나오자.

성지한의 팔이 이를 버티는 듯싶다가 잘려 나갔다.

—아! 서, 성지한 팔 또 날아갔어!

—휴 그래도 금방 재생함…….

—하 씨 저 거인 저번이랑 달리 완전 필사적으로 싸운다…….

몇 번이고, 서로가 박살 나고 재생하고를 반복하는 전투.

하나 몸뚱아리의 차이가 워낙 커서, 거인은 몇 군데가 터져도 재생하면 그렇게 티가 안 나는 데 반해.

성지한의 몸은 어디 한군데가 폭발하면, 티가 확 났다.

콰쾅!

'또, 터졌군.'

성지한은 상대의 폭발 공격에 터진 오른쪽 다리를 내려

다보았다.
형체조차 알 수 없이 사라져 버린 다리.
하나.
스으으으…….
영원을 잔뜩 품은 내부의 세계수가 활성화되자, 사라졌던 신체는 금방 재생이 되었다.
그간 영원의 능력이 향상해서 그런가.
사라지면 거의 동시에 원래대로 돌아올 정도로, 엄청난 재생력을 얻게 된 성지한.
태극의 망혼은 이를 보면서 질린 듯 말했다.
[너…… 재생력이 뛰어나도 너무 뛰어나군. 설마 엘프로 전향한 거냐? 이그드라실에게 넘어가서?]
"넘어가긴. 그냥 걔네 능력도 얻었을 뿐이지."
[……허.]
"그러는 너도."
펑! 펑!
성지한의 검이 한 줄기 궤적을 그리자, 일제히 터져 나가는 거인의 눈과 몸뚱어리.
하나 그렇게 사라진 거인의 신체에선.
스으으으…….
영체가 나와 사라진 부위를 감싸더니, 곧 몸을 수복했다.
"재생력은 끔찍할 정도군."

[그래. 네 공격은 소용없다.]

성지한은 멀쩡한 상태인 거인을 보며, 저번의 기억을 떠올렸다.

그때 시스템은 어비스의 주인의 약점이, 머리라고 했지.

'몇 번이고 저길 노려 보았지만, 소용없었지.'

미션에서의 수동적인 어비스의 주인과는 달리.

또 다른 성지한이 장악한 거인은 머리를 절대 허용하지 않았다.

서로가 자잘한 출혈만 입힐 뿐, 결정적인 타격을 입히지는 못한 채 지나간 1시간.

—힘들겠는데 이거.

—관리자의 손도 장악한 그가, 어비스의 주인 하나도 못 이겨 낸다고?

—참…… 배틀넷은 알다가도 모르겠어.

—*&*$SPACEBET134413*&*$에서 지금 사설 베팅이 이루어지고 있습니다. 얼른 들어와서 이 전투의 승자가 누가 될지 걸어 보세요~~~!!

—헐…… 사설베팅업체에서 다룰 정도임? 이 채널 주인이?

—난 성지한에게 건다. 이놈은 매번 벌어 주더라고.

—눈 어따 둠? 당연히 거인한테 걸어야지;

-그러니까 딱 보면 모르나?

외계인들은 이미 태극의 망혼 쪽으로 승부의 추가 기울어졌다고 판단하고 있었다.

하나 정작 태극의 망혼은.

스으으으…….

거세게 끌어올렸던 기세를 가라앉히고 있었다.

[이대로면, 끝이 안 나겠군. 그것을 꺼내기 전까지는.]

"그것이라면."

[태극마검.]

스으으으…….

거인의 눈이 일제히 돌아가며, 태극을 그렸다.

[하나 이걸 꺼내면, 모든 것이 붕괴된다…… 내가 흡수하려는 너도, 흔적조차 남지 않겠지.]

"그러겠지."

[……정말 그런 끝을 보고 싶은가? 태극마검이 발동하면, 누가 이기든 우리는 결국 패배자가 된다.]

상대 입장에서야, 태극마검을 꺼내면 전리품이 사라지는 셈이니.

결국 힘만 쓰고 아무것도 못 얻는 꼴이다.

성지한이 물끄러미 망혼을 바라보자, 그가 말문을 이어나갔다.

[너의 계획은 어떤 것인가.]

“왜, 협조라도 해 주려고?”

[경우에 따라서는. 태극마검을 한 번 발동하면, 모든 것이 파멸되니까. 둘 다 죽느니, 하나가 가져가는 게 그나마 낫겠지…….]

결국 둘 다 잃는 전투를 하느니, 성지한의 계획을 듣겠다는 건가.

‘나는 나네. 확실히.’

성지한은 그리 생각하면서, 현재의 대치를 유지하는 대신 대화를 해 보려 했지만.

[……아니, 잠깐.]

위이이잉……!

거인의 눈에서 그려지던 태극이, 점차 커지기 시작했다.

3장

3장

무신의 별, 투성.

[시작되었군.]

관리자의 견제를 어느 정도 정리하고, 투성으로 돌아온 무신은.

[동방삭, 잘해 주었다.]

그의 앞에 무릎을 꿇고 있던 동방삭을 바라보며, 흡족한 듯 말했다.

"전 그저 명을 수행했을 뿐입니다."

[태극이 발동된 시기가 아주 적절했다…… 이번 일은 치하하도록 하지.]

동방삭의 태극.

어비스의 주인에게 심은 그 힘은, 그저 태극의 망혼이

거인의 몸을 장악하도록 둔 것이 아니었다.
그것은 오히려 결정적인 때에, 거인의 몸을 연료삼아 발동하도록 만든 함정에 가까웠다.
[이번에는, 상당히 발전할 수 있겠구나…….]
태극을 눈앞에 둔 성지한을 보면서, 그가 이미 끝났다고 여긴 무신이 만족스러워하고 있을 때.
저벅. 저벅.
"부르셨습니까."
무신이 있는 곳으로, 아소카가 공손히 걸어왔다.
[그럼 동방삭, 물러나서 쉬어도 좋다.]
"……알겠습니다."
아소카가 오자 동방삭에게 축객령을 내린 무신은.
스으으으…….
동방삭의 형체가 어둠에 묻혀 완전히 사라지자, 느릿하게 말문을 열었다.
[이제 성지한이 태극에 사라지면, 저 땅에 성화를 피울 것이다.]
"피티아를 보내실 생각이십니까?"
[그래. 그녀가 성화가 되어, 힘을 갈무리할 것이다. 그 일이 끝나면.]
번쩍!
어둠 속에서, 붉은 두 빛이 강렬히 반짝였다.
[바로 금륜적보를 돌려라. 관리자의 감시가 더 거세지

기 전에, 돌아가야 한다.]

"……그렇게 하겠습니다."

성지한을 제거하고 나면, 바로 회귀하려 드는 건가.

역시 무신.

안전제일이로군.

[다음 회차부터는, 성지한부터 제거하고 시작해야겠군.]

"……."

거기서 더 나아가.

다음부터는 성지한이라는 변수 자체를 제거하고 시작하겠다는 그의 말에.

아소카는 속이 답답해졌다.

'성지한만이 이 무한회귀에서 유일하게 변수를 만들었는데…… 그가 사라지면, 다음 차례가 과연 올까.'

끝없이 반복되던 세상 속에서, 상황을 여기까지 끌고 온 건 현재의 성지한이 유일했다.

그라는 존재가 다음부터 사라진다면, 이제 인류는 무신이 '상시 관리자'로 올라설 때까지 계속해서 희생당할 수밖에 없는 운명인가.

아소카가 그렇게 내심 탄식하고 있을 때.

[그리고…….]

화면을 바라보던 무신이 나직이 말했다.

[그럴 일은 없겠지만 만에 하나, 그가 태극에서 살아남

게 된다면. 그 즉시 금륜적보를 바로 돌려라.]

"저자의 힘을 회수하지 않을 생각이십니까?"

[그래. 힘을 잃어서라도, 이번 회차는 회피하겠다.]

"만약에 성지한이 이겨 낸다면, 그 지닌 힘의 가치가 엄청날 텐데……."

[내가 패배할 가능성을 제거하는 게, 더 먼저다.]

패배라니.

투성의 하늘에 떠오른 수많은 무구와.

그 속에 담긴 힘을 지니고도, 성좌도 안 된 성지한을 보고 '패배'를 입에 담는가.

무신이라는 이름이 아까울 정도로, 신중함이 극에 달해 겁쟁이처럼 보이는 뱀.

'하지만…… 그러기에 더욱 까다롭다.'

이러면 성지한이 이겨도 회귀. 져도 회귀인가.

아소카는 무신에게 고개를 숙였다.

"……명을 따르겠습니다."

이거.

어쩌면 숨겨 두었던 비수를, 예상보다 일찍 꺼내야 할지도 모르겠군.

'특별한 변수가 없다면, 말이지.'

그러며 그의 눈이 곧, 무신이 보고 있는 화면을 담았다.

* * *

"……계획, 들어 보기로 한 거 아니었냐?"

성지한은 거인의 수천 눈에서 빙글빙글 돌아가는 태극을 보면서 미간을 찌푸렸다.

서로의 재생력을 뚫지 못해 대치하는 상태에서.

태극마검으로 승부를 보느니, 대화를 하자고 지가 먼저 제안해 놓고는 왜 저러는 건데?

하지만.

[크…… 이 힘, 통제가, 안 된다……!]

상대는 성지한보다도 훨씬 더 당황하고 있었다.

"통제가 안 된다고?"

[그래……! 어쩐지 동방삭이 그냥 태극을 부여한 게 아니었는가. 그래도 이 힘, 완벽히 내 제어하에 있다고 생각했는데…….]

스스스…….

망혼이 필사적으로 태극을 억누르려는 건지, 공허가 거세게 뿜어져 나오고.

그 시도는 일정 부분 성공하여, 수천의 눈동자 중에서 일부에선 태극이 사라지고 붉은 눈동자가 드러났다.

하나.

위이이잉……!

그가 미처 컨트롤하지 못한 태극은, 서로가 뭉치던 점차 거대해지고.

그것은 눈이 박혀 있는 몸뚱어리부터 집어삼키기 시작했다.

'……이대로는 자멸하겠군.'

스스로의 태극에 집어삼켜지는 거인.

만약 배틀넷 게임에서 이런 상황이 펼쳐졌다면, 거리를 벌리고 상대가 알아서 죽기를 기다렸겠지만.

'자기 혼자 죽을 거 같지 않아서 문제네.'

성지한은 어비스를 살펴보았다.

성지한과 망혼이 혈투를 벌이고도, 멀쩡히 유지되던 이 공간이.

태극이 나타난 후부터, 빠르게 무너져 내리고 있었다.

그렇게 보랏빛의 운무가 사라지고, 저 위로 보이는 것은 현실 세계의 푸른 하늘.

성지한과 망혼이 서 있는 땅은 급속도로 융기하며, 균열을 메우고 있었다.

"어…… 균열이, 메워지고 있어……."

[어, 어비스 공간 자체가 붕괴하다니…… 이런 일이……]

그리고 밖으로 나오자, 들려오는 윤세아와 성지아의 목소리.

성지한은 얼른 소리가 들린 쪽을 향해 갔다.

어비스의 균열에서 꽤 떨어진 곳에선, 윤세아와 성지아가 놀란 눈으로 이쪽을 바라보고 있었다.

"누나, 세아랑 함께 하루빨리 집으로 가."

[……알았어, 지한아.]

"삼촌은?"

"난 저놈 처리하고 가야지."

"……뭔가 위험해 보이는데, 삼촌도 일단 피하는 게 낫지 않아?"

"저거 내버려 두면 한반도는 족히 집어삼킬걸?"

"하, 한반도를?"

"어, 그러니까 일단 튀어."

성지한이 얼른 가라고 손짓하자, 성지아는 윤세아를 허리춤에 끼더니 엄청난 속도로 날아갔다.

과연 성좌.

빠르긴 빠르네.

한편.

—네??

—한반도요?

—아니…… 그건 좀 스케일이 큰 거 아님?

—아니 생각해 보면 인류 멸망시켰던 힘이잖아, 저거…….

성지한의 배틀튜브를 시청하던 시청자들은 태극이 한반도까지 집어삼킬거란 이야기에 화들짝 놀랐다.

성지한이 방송했다기에 평소처럼 배틀튜브를 틀었을 뿐인데.

갑자기 이게 생애 마지막 방송이 될지도 모른다?

—저 어둠의 공간에서 싸우길래 그래도 지구는 괜찮겠거니 했는데 갑자기 우리 사정이 됐네 ㅅㅂ??

—나 서울인데 부산 가면 살 수 있음? ㅎㅎㅎ;

—그 전에 빨려 들어갈 듯 ㅡㅡ

인류 시청자들이 그렇게 패닉에 빠지는 사이.

[……주입받은 태극을, 내 것으로 만든 줄 알았는데 전혀 아니었군. 언제든 발동할 시한폭탄에 지나지 않았던 것인가…….]

태극의 망혼에게 지친 음성이 흘러나왔다.

[성지한. 이대로라면, 이 몸 전체가 태극마검의 에너지원이 될 뿐이다…….]

"그래 보이는군."

성지한은 거인의 몸 중 이미 70퍼센트 이상을 차지한 태극을 보며, 그리 대답했다.

여기에 기껏 돌려 놓았던 붉은 눈도, 또다시 빙글빙글 돌아가고.

이대로 있다간, 이놈도 태극마검 그 자체가 될 것 같았다.

[……일이 그렇게 되는 것만은 막아야 한다.]

"어떻게 막자고?"

태극마검을 소환해서, 태극을 막아야 하나.

하지만 성지한은 상대의 태극을 보며, 그건 같이 자폭하는 수라고 판단했다.

'두 태극마검이 서로 공명해서, 한반도가 아니라 더 큰 지역까지 다 휩쓸어 버리겠지…….'

배틀넷 안이나, 어비스 공간 안이었다면 그래도 한번 태극마검을 꺼내서 시도나 해 보겠다만.

현실 세계에서는 잘못했다가 희생자가 무수히 나올 수 있기에, 그건 어디까지나 최후의 수단으로 생각해야 했다.

하나 태극마검이 아니면.

"막을 방법이 당장은 떠오르질 않는군…… 네가 순순히 나에게 죽어 주지 않는 이상에야."

[그럴 것이다.]

"……뭐?"

[……내가 틀렸다. 태극을 충분히 장악한 줄 알았는데, 아니었어. 이대로라면 여길 탈출했어도, 가는 길 도중에 스스로 붕괴했을 것이다.]

슈우우우……!

대지가 갈라지고, 대기가 일그러진다.

하늘과 땅은, 거인의 몸속 태극을 향해 서서히 빨려 들어가고.

거인의 육신은 더욱 빠르게 붕괴해 나갔다.

[네 감…… 옳았군. 역시 최적의 선택만을 한 '나'인가.]

"이제야 믿냐."

[그래. 지금은 어떤가. 그 감이, 나와 아직도 합치지 말라고 하는가?]

탈출 모의를 할 때.

'감' 때문에 거인의 몸에 들어가지 않고, 다투는 쪽을 선택했던 성지한.

망혼은 그런 그에게, 지금은 그 촉 좋은 감이 어떠냐고 물어보고 있었다.

성지한은 태극에 붕괴하는 거인의 육신을 바라보았다.

1시간 전, 안정적으로 합체할 수 있었던 것과는 달리.

먹어치우려고 들면 자신까지 태극에 휘말릴 것 같은, 위험천만한 상황이었지만.

"……지금은, 가지라고 하는군."

성지한의 감은, 이를 오히려 탐스럽게 보고 먹어치우라 하고 있었다.

그 말에 안심했다는 듯.

[잘되었군. 가져라.]

거인의 육신이, 무너지며 나무로 된 머리가 성지한의

앞쪽으로 떨어졌다.

[머리를 부수고, 거기서 망혼을 지배하라.]

어비스의 주인의 약점이었던 머리.

그것을, 그는 스스로 성지한에게 내주었다.

이걸 부수면, 망혼은 소멸하는 건가.

"……."

[뭐 하지? 빨리, 부숴라. 누나에게 열쇠는…… 가져가야 하지 않겠나?]

성지한의 시선이 거인이었던 것을 향했다.

태극에 잠식된 그였지만.

가슴팍의 일부분만은, 애써 눈이 돌아가질 않고 있었다.

그 안에 있는 건, '전리품'으로 만들었던 성지아의 열쇠.

석상의 상태에서 원래의 모습으로 돌아올 수 있는, 키였다.

태극에 전신이 잠식되는 와중에도.

저것만은, 어떻게든 지키기 위해 버티고 있는 건가.

"……그래. 좀만 더 버텨라. 내가 끝을 낼 테니."

스으윽.

성지한은 땅에 떨어진 거인의 머리로 다가갔다.

금방이라도 태극에 빨려 들어갈 것 같은 머리는, 크기가 성지한보다도 컸다.

'여기에, 소멸 코드를 작성하고.'
치이이익!
나무 위로 그려지는 소멸 코드.
그러자 거인의 머리는 힘없이 갈라지고.
그 안에, 공허에 휩싸인 붉은 구체가 모습을 드러냈다.
성지한이 손을 가져다 대자.
화르르륵……!
대번에 그의 손을 태워 버리는 구체.

[스탯 '적'이 1 오릅니다.]
[스탯 '적'이 1 사라집니다.]

그러자 스탯 적이 올랐다 내리며, 오락가락하는 모습을 보여 주었다.
'이걸 완벽하게 컨트롤하려면, 적이 더 필요하다.'
타오르는 손을 보면서, 성지한은 본능적으로 깨달았다.
눈앞의 붉은 구체는, 어비스의 주인의 핵심부.
이걸 완전히 장악하면 거인의 태극을 최소화할 수 있겠지만.
'……그럴 능력이 부족하다.'
그간 많이 성장했던 적이었지만.
이걸 완벽히 컨트롤하기 위해선 더 많은 힘이 필요했다.

'……그래도 지금 스탯으로도, 일부는 조종이 가능해.'

성지한이 판단하기에 가능한 정도는, 30퍼센트정도.

하나 반절도 안 되는 이 정도 장악력으로도, 활용만 잘 하면 태극이 야기할 피해를 최소화할 수 있다.

북한이 초토화된 게 이럴 땐 다행이군.

다만.

"누나의 열쇠. 또 만들 수 있나? 지금 능력으론, 태극을 막아서는 것도 쉽지 않거든."

[……아마, 쉽지는 않을 거다. 어비스의 주인의 몸으로 만든 제약이었으니까.]

"그래?"

저놈이 쉽지 않다면, 진짜 힘든 건데.

성지한은 미간을 찌푸렸다.

태극도 막고, 열쇠도 챙기기 위해서는.

현재로선 붉은 구체를 완벽히 지배하는 방법밖엔 없었다.

그때.

[성좌 '공허의 마녀'가 1021만 GP를 후원했습니다.]

[난 지금이 좋으니까 신경 쓰지 말고 열쇠 채로 부숴!]

성지한과 망혼의 대화를 들은 건지.

성지아가 배틀튜브에서 후원을 보내왔다.

자신은 신경 쓰지 말라는 메시지.

“자물쇠 걸린, 석상 상태가 좋다고?”

그걸 본 성지한은 피식 웃었다.

“내가 누나 말 안 듣는 거 알지?”

지금 능력으로야, 양자택일을 할 수밖에 없지만.

자신이 조금 무리를 한다면.

두 개의 선택지를, 모두 선택할 수 있다.

“인벤토리.”

성지한은 적색의 관리자의 손이 들어가 있는, 흑색의 봉인함을 꺼냈다.

[뭔 일임? 오, 여긴…….]

흑색의 봉인함에서 나온, 붉은 눈동자는 바로 문자를 띄웠다.

[여긴…… 본체의 세상임?]

이미 성지한을 본체라고 확신하고 있는 관리자의 손.

그는 쓴웃음을 지으며 이에 대답했다.

“그 소린 여전하군.”

[확신함. 본체는 본체임. 근데.]

스으으.

관리자의 손은, 성지한이 처리하려던 붉은 구체를 바라보았다.

[저건 뭐임?]

“이 세상을 집어삼킬 골치 아픈 물건이지.”

[힘이 필요함?]

"잘 아는군."

성지한은 붉은 눈동자를 든 채, 이를 물끄러미 바라보았다.

누나를 풀어 줄 열쇠를 챙기고, 태극을 막기 위해선.

여기서 스탯 적의 힘을 얻어야 했다.

그것도 아주 단시간 동안, 많이.

그러려면.

'이걸 흡수해야겠지.'

예전에는 적의 힘에 완전히 휘둘릴까 봐, 흡수할 생각을 하지 않았지만.

지금은 다르다.

양자택일이 아니라, 양자를 모두 얻기 위해서는.

위험쯤은 조금 감수해도 된다.

성지한이 그리 생각하자, 눈에서 메시지가 올라왔다.

헌데, 거기선.

[본체…… 설마 나 먹을 거임?]

"그래."

[본체가 나를 아직 온전히 지배하기에는, 힘이 부족함. 적의 힘에 휘말릴 수 있음.]

"그럼 너한테 좋은 게 아니었나?"

[좋지 않음.]

예전엔 자신을 흡수하길 바라던 붉은 눈동자가, 오히려

그를 만류하고 있었다.

"왜지?"

[본체가 원래 생각했던 대계가 무너질지도 모르니까. 내가 본체를 장악해 봤자 계획엔 도움이 안 됨.]

"……그럼에도 나는 힘이 필요하고, 너를 흡수해야 한다."

예전에 비해선, 입장이 완전히 변한 둘.

관리자의 손은 성지한의 확고한 의지를 읽었는지, 절충안을 내보였다.

[음. 그럼…… 날 본체의 육체에 이식만 하셈.]

"이식?"

스으으으…….

눈동자는 무럭무럭 자라더니.

사람의 팔로 변했다.

언뜻 보기엔, 성지한의 팔과 똑같은 크기의 팔.

하나 그 손등에는, 붉은 눈동자가 자리하고 피부에는 불그스름한 기운이 감돌고 있었다.

[오른팔을 자르고, 이걸 붙이셈.]

"정말로 협조적이군. 의심스러울 정도로."

[나도 먹히면 본체를 지배할 수 있음…… 하지만, 그것이 최선이 아님을 확신함. 왜냐면 본체는 본체이기 때문임. 본체가 본체로 있어야지, 내가 주가 되면 대계가 어그러질 것임.]

“그놈의 본체 소리에, 처음으로 득을 보는 느낌이네.”

성지한은 본체 타령하는 관리자의 손을 보면서 피식 웃었다.

그러고는.

투두둑!

대번에, 오른팔을 뜯어냈다.

—어, 어…….

—아니, 성지한 님 뭐 하시는 거지?

—설마. 저 팔 붙이려는 거야?

—으 저거 관리자의 팔 아냐? 저런 거 붙였다간 큰일 날 거 같은데 ㅡㅡ;;

—아니 왜 저런 위험한 일을…….

—저 태극을 막으려고??

—그럼 대피 안 해도 되는 거임?

성지한의 행동을 보고, 처음엔 인류 시청자들이 깜짝 놀랐지만.

푹.

그가 관리자의 손을 이식하고.

스스스스…….

아무렇지도 않게, 이것이 융합하자.

-??

-뭐야. 뭐 저렇게 쉽게 붙어?

-관리자의 팔 아니었던가 저거…….

-그런 게 저렇게 아무 문제 없이 이식된다고?

-말이 돼? 성지한 이 인간은 대체 뭔…….

-아니, 이미 지배를 받고 있을 수도 있어.

-지배받았으면 적의 일족처럼 몸이 변해야지 그대론데?

외계의 시청자들한테서 오히려 난리가 났다.

적색의 관리자의 팔.

그 엄청난 것을 이식했는데도, 어떻게 인간의 육신이 계속 유지되는 건지.

이해가 가질 않았으니까.

그리고.

['적색의 관리자의 팔'을 이식합니다.]

[스탯 '적'이 300 오릅니다.]

'미친.'

성지한의 눈앞엔, 태어나서 처음 보는 스탯 상승 수치가 나타났다.

대번에 300이 오르다니.

이놈이 이렇게 협조적으로 나올 줄 알았다면 진작 이식할 걸 그랬나.

'아니.'

그러기에는, 적색의 관리자의 손이 지닌 위험성이 만만치 않았지.

지금처럼 비상 상황이 아니면, 아무리 능력을 올려 준다고 해도 이러지 않았을 거다.

지금도 겉으로는 협조적일 뿐.

속내는 아직, 알 수 없는 존재니까.

하나 지금은.

[괜찮으심? 지금 능력도 지배하기 힘들 텐데.]

성지한의 오른손 등 위로, 친절하게 걱정하는 메시지를 보내고 있었다.

"전혀 이상이 없는데?"

그리고 원래 팔을 뽑고 적색의 것을 이식한 성지한은.

새로운 이물질이 들어왔음에도 너무나도 빨리 적응하는 몸을 보며 이상한 느낌이 들었다.

이러면 진짜 내가 본체 같잖아.

그리고.

[역시 본체. 님 본체 맞음. 확신 확신 또 확신함.]

관리자의 손은 그런 성지한을 보면서 본체가 맞다고 몇 번이나 강조했다.

"……그 소리 좀 그만해라. 일 처리 좀 할 테니까."

[알겠음. 나도 세상 나온 김에 좀 둘러보겠음.]

지이이잉…….

손등의 눈에서 [정보 취합 중]이라는 문자가 떠오르고.

관리자의 손은 그 후로 더 이상 글자를 띄우지 않았다.

'그럼 내 할 일을 해야겠군.'

성지한은 오른팔을 붉은 구체에 가져다 대었다.

* * *

10분 후.

스으으으…….

거인의 몸에서 불길하게 번지던 태극이, 서서히 멎어갔다.

—오오…….

—뭔가 되는 거 같은데?

—저 망할 태극이 사라진다…….

—손 이식해서 되는 거임?

—성지한 님에게 부작용이 있거나 하진 않겠지…….

인류 멸망 시나리오에 나왔던 태극이 없어지는 걸 보고, 사람들은 안도하면서도 관리자의 손이 성지한에게 어떤 영향을 미칠지 불안해했지만.

'……너무 매끄럽네.'

성지한은 +300이나 오른 스탯을, 스무스하게 활용하고 있었다.

이쯤 되니까 자신이 알고 보면 진짜 적색의 관리자가 아닌가 싶을 정도로.

'애초에 이그드라실은 인류가 적색의 관리자라고는 했지만, 그 안에서도 재능이 다를 수 있겠지…….'

성지한은 그렇게 자신에 대해 의문을 품으면서도.

일단은 발현된 태극을, 하나하나씩 거두어 나갔다.

그래도, 이미 돌아가는 태극을 되돌려서 그런가.

스스스스…….

거인의 몸에서, 막대한 양의 공허가 뿜어져 나왔다.

그것은 대부분이 성지한이 쓰고 있는 반가면으로 빨려 들어갔지만.

'안에서 뭔가 충돌하는군.'

순순히 흡수되는 건 아닌지, 가면의 안쪽에서는 나름 격렬한 충돌이 있는 것 같았다.

'부서져도 어쩔 수 없지. 태극을 놔둘 순 없으니까.'

고엘프 때 입수해서 그동안, 참 잘 썼다.

성지한은 그리 생각하면서, 구체의 조종에 박차를 가했다.

쩌저적……!

반가면에 금이 완전히 갈 때쯤.

"후우……."

태극이 사그라지고, 대신 거인의 뻥 뚫린 몸이 드러났다.
대부분의 육신이 이미 사라져 있는 태극의 망혼.
남아 있는 부분은, 망혼이 필사적으로 지키던.
열쇠가 있는 곳밖에는 없었다.
'……'
저벅. 저벅.
이를 본 성지한은, 그리로 걸어갔다.
거기엔.
얼굴 반쪽이 부서지고.
사지 중, 왼팔밖에는 남아 있지 않은 망혼이.
왼손으로 열쇠를 꼭 쥔 채 누워 있었다.
"너…… 지금껏 지켰나."
"그래. 내가 할 수 있는 유일한 일이었으니까."
무너지는 팔로, 열쇠를 넘긴 망혼은.
쓰게 웃음을 지었다.
"네가 태극과 열쇠, 둘 다 택할 줄은…… 몰랐다."
"능력이 되는데, 굳이 하나만 선택할 필욘 없지."
"……그 대신, 네가 위험할 텐데."
"어차피 평소에도 위험했어. 등에 짐 하나 더 얹었을 뿐이다."
관리자의 손을 이식한 것을 단순히 짐이라고 말한 성지한은.
불그스름한 손을 쥐었다 피었다.

"그리고 지금까진, 그 짐이 아주 협조적이고."

"그런가……."

성지한이 열쇠를 받자, 눈에 띄게 안도하는 표정을 짓던 망혼은.

시선을 그의 가면으로 돌렸다.

"그럼…… 짐 하나, 더 받겠는가?"

"도움이 되나? 이 팔처럼."

"도움은 될 것이다. 위험부담은 크지만."

"그럼 얼마든지."

"핵을, 그 가면에 이식해라. 성화를 사용하여."

"여기에?"

툭. 툭.

성지한은 자신이 쓰고 있는 반가면을 두드렸다.

이미 금이 갈 만큼 가서, 금방이라도 박살 날 거 같은 공허처리장.

여기에 핵을 이식하면, 제대로 폭발하지 않을까?

하지만.

"그것이 녹색의 관리자의 공허처리장이면…… 우리의 핵은 적색이 공허를 처리하는 방식."

"적색이 공허를 처리하는 방식이, 저거였다고?"

"그렇다. 공허는 관리자에게 있어, 그래…… 암세포와도 같은 것. 적절한 처리를 요했지."

"그럼 적색과 녹색의 공허처리장이 합치는 거군."

“맞다. 부작용은 예측할 수 없지만…….”

바스스스…….

망혼의 얼굴이 서서히 먼지가 되어 갔다.

“힘은, 얻을 수 있겠지.”

“그럼 해야지.”

“그렇게 대답할 줄 알았다.”

망혼의 반쪽 남은 얼굴이 다 사라져 가고.

그의 입만이, 마지막으로 움직였다.

“둘을, 부탁하지…….”

둘이라면, 성지아와 윤세아인가.

“알겠다. 나한테 맡기고 쉬어.”

성지한의 대답을 들었는지, 완전히 사라지는 망혼.

그는 착잡한 눈으로 이를 바라보다, 등을 돌렸다.

뚜벅. 뚜벅.

그가 향한 곳은, 서서히 사그라지고 있는 어비스의 주인의 핵.

그는 그것을 움켜쥐곤.

푹!

바로 가면에 찍어 눌렀다.

그러자.

화르르륵……!

그 안에서 솟구치는 백색의 불길 성화.

[공허처리장이 융합합니다.]

구체에서 타오르는 성화는, 금방 가면을 불살라 버렸다.
새하얀 불길은 곧, 성지한의 얼굴에 옮겨붙더니.

[융합된 공허처리장을 흡수하시겠습니까?]

부서지던 가면에, 핵까지 합쳐진 공허처리장을 먹어치우겠냐고 물어보았다.
관리자의 팔에 이어, 이건 또 다른 폭탄이군.
하지만.
"흡수한다."
이미 무리를 하기로 한 성지한은 주저함이 없었다.
그러자.
쩌적……!
가면을 쓰던 얼굴 반쪽에서, 무언가가 갈라지는 소리가 났다.
그리고.

–어…… 성지한 님 얼굴이…….
–아까 그 상대랑 비슷하게 금이 갔네…….
–뭐, 뭐야 이것도 지배당하는 건가?

시청자들은, 변화를 알아차렸다.
반가면을 쓰던, 성지한의 얼굴 반쪽엔.
망혼의 것처럼, 금이 가 있었다.
물론 그처럼, 사방에 틈새가 생긴 건 아니었지만.
턱 끝에서부터, 뺨까지 올라오는 선은.
언제라도 그의 얼굴을 조각낼 것 같은 균열이었다.
하나.
'……흡수가 잘되었군.'
성지한은 이를 만지며, 쓴웃음을 지었다.
팔에 이어, 일부 갈라진 얼굴의 변화상.
점점 사람이 아닌 육체로 몸은 변해 갔지만.
이를 흡수한 보상은, 그만큼 컸기 때문이다.

[공허가 300 오릅니다.]
[공허 스탯의 수용 한계치가 999로 설정됩니다.]

관리자의 팔이랑 통하는 게 있는지, 300이나 올라간 공허.
거기에 지금껏 성지한의 발목을 가로막던 공허 한도까지, 999로 대폭 상향된 상태였다.
공허처리장이 이렇게 몸 안으로 들어왔으니, 그리된 건가.
하지만.

[공허의 힘을 사용할수록, 공허 잠식이 서서히 진행됩니다.]

추후 뜨는 메시지에 성지한은 미간을 찌푸렸다.
공허 한도는 999인데, 공허 잠식은 왜 진행되는 거야.
이래서야, 시한부로 설정된 힘이나 다름없지 않은가.
'뭐, 시한부는 이것뿐만이 아니다만.'
불완전한 얼굴 반쪽.
불완전한 팔.
거기에 내부의 영원까지.
모든 게, 언제 터질지 모르는 화약고다.
지금 당장, 자신을 잠식해도 이상하지 않겠지.
하지만.
"……둘은 걱정 마라."
성지한은 자신이 넘겨받은 열쇠를 바라보았다.
둘을 살리기 위해 70억을 버리겠다는 망혼이었지만.
그래도 가장 좋은 결말은, 70억도 둘도 모두 살리는 거겠지.
"이번에 꼭, 온전하게 끝을 낼 테니."
그러기 위해 좀, 무리해서 얻은 힘.
이것들은, 그저 무신과 싸우기 전까지만 폭발하지 않으면 된다.
그렇게 버텨 준다면, 이들은 그에게 도전할 때 든든한

기반이 되어 주겠지.
그리고.
'이그드라실이 말한 놀라운 업적이란 걸…… 시도할 수 있다.'
그의 눈빛이 깊게 가라앉았다.

* * *

한편.
무신의 별, 투성에서는.
[……허.]
성지한의 팔을 보면서, 무신이 탄식을 흘렸다.
그가 이기든 지든 관계없이, 무조건 금륜적보를 돌리려고 했는데.
[팔을, 저렇게 받아들이다니.]
변수가 생겨 버렸다.

* * *

성지한이 이번에는 태극에 잠길 것이라 확신했던 무신은.
전투가 마무리된 걸 보면서, 두 눈을 번뜩였다.
혹시나 그가 이기면, 손해를 감수하고라도 금륜적보를

돌리려 했건만.

[팔이 확실히 안착했군.]

"……저자, 무모한 선택을 했군요. 인간이 관리자의 팔을 이식하다니. 금방이라도 잡아먹힐 것입니다."

아소카는 겉으론 담담하게 말하면서도, 속은 개운치 않았다.

왜 저런 선택을 했는가.

태극을 운용하는 것만이라면, 저렇게 극단적인 수를 쓰지 않아도 되었을 텐데.

설마 열쇠 때문인가?

'누나…… 라고 했지. 분명.'

혈육의 정에 대의를 저버릴 뻔했군.

아니, 얼마 지나지 않아 팔에 잠식당하면 이미 저버린 것이나 다름없겠지.

'……이번 세계는 끝이다.'

아소카는 잠정적으로 결론을 내렸다.

성지한은 혈육을 살리려다 결국 관리자의 팔에 잡아먹히고.

인류는 멸망할 것이며, 이 세상은 과거로 다시 돌아갈 것이다.

그게 이번 회차에서의 종말점.

중간 과정은 평소와 많이 달랐지만, 결국 결론은 똑같이 귀결되겠지.

'아니. 그래도 끝은 다른가. 무신이 황급히 금륜적보를 돌리려 할 테니까.'

무신은 성지한이 이기면 힘을 포기해서라도, 시간을 돌리겠다고 결심을 내보이지 않았나.

그러면 불행 중 다행히, 힘의 축적은 예정보다 느려지겠군.

'이제 또 다른 후보를 찾아야 하는가.'

성지한은 무한히 돌아가는 이 세계에서 변수를 만들 수 있는 최선의 사람이었다.

하지만 그가 이제 다음 회차부터는 무신에게 의해 즉결처분당할 테니.

새로운 인물이 필요할 터.

아소카는, 그런 사람이 누가 있을지 생각을 해 보았지만, 금방 떠오르는 이가 없었다.

사실 이번 회차에 여기까지 온 것만 해도, 우연에 우연이 겹치면서 된 것이었으니까.

한데.

[저 팔을 가져가면…… 나의 숙원도 마무리된다.]

정작 회귀하겠다던 당사자는, 생각이 달라보였다.

"……금륜적보, 안 돌리십니까?"

성지한이 팔을 이식한 후, 그에게서 기대를 접은 아소카는 그리 물었지만.

무신은 두 눈을 번뜩였다.

[잠깐 기다려라.]

지금껏 신중하기 짝이 없었던 무신.

그의 성정을 생각해 보면, 금륜적보를 돌리는 것은 당연한 선택이었다.

성지한의 위험성은 이제 꽤 올라와 있었으니까.

지금까지도 예측범위 외로 행동했던 그는.

이제 적색의 팔과 공허의 힘까지 더 얻어 버렸으니, 얼마나 더 변수를 만들어 낼지 미지수였다.

하지만.

'저것을 얻으면 더 이상 회귀를 하지 않아도 된다…….'

관리자의 손.

이것의 가치가, 무신을 뒤흔들었다.

'벌써 셀 수 없는 시간이 흘렀다.'

처음에는 무럭무럭 성장하던 힘과 권능도 최근에는 답보 상태였으며.

이는 힘을 더 축적할수록, 심해질 것이 뻔했다.

무신은 인내심이 강한 편이었지만.

'저것만 얻으면, 이 반복된 삶을 끝내고 목표를 달성할 수 있다.'

끝을 낼 수 있다.

이것이 무신에게 주는 울림은, 그의 평소 스탠스를 뒤흔들었다.

차라리 저것이 성지한의 인벤토리에 계속 잠들어 있었

다면, 노릴 생각도 하지 않고 그냥 시간을 돌려 버렸을 텐데.

번쩍!

무신은, 계속해서 성지한의 팔을 바라보았다.

'……그가 적색에 지배되면. 내가 가질 기회가 올 것이다.'

저 팔을 흡수하면, 모든 게 끝이다.

이 무한히 굴러가는 지긋지긋한 시간이 끝나고.

상시 관리자로서, 새로이 세상을 설계할 수 있게 된다.

그토록 오랜 시간 동안 바라왔던, 배틀넷의 최정상에 설 수 있다.

[잠깐 보류하지.]

무신은 결국, 금륜적보를 돌리지 않기로 결정을 내렸다.

[저 팔을, 내가 얻을 때까지.]

신중한 그답지 않은 선택이었다.

* * *

성지한의 갑작스러운 방송 이후.

[북한의 어비스 소멸. 던전 포탈도 같이 사라져.]

[소멸한 어비스의 주인의 정체는……? 성지한의 얼굴

과 흡사해]

[인류 멸망 시나리오는 해결된 것인가. 어비스는 사라졌지만, 풀리지 않는 의문들.]

[성지한. 배틀튜브 시청자 기록 경신! 자신의 기록을 자신이 갈아치우다.]

나라를 가리지 않고, 이와 관련된 기사가 쏟아졌다.

성지한이 맞서 싸운 적이 ,하필 그가 인류 멸망 시나리오 때 마주했던 어비스의 주인이었기에.

안 그래도 주목도가 높았던 성지한 채널은 역대 최고로 이목을 집중시켰다.

"하아…… 기사 속보도 나오는데 삼촌은 왜 안 와?"

윤세아는 스마트폰을 보면서 한숨을 푹 쉬었다.

성지한의 방송은 끝났고, 뉴스는 쏟아지고 있는데.

평양에서 서울까지 한걸음이면 달려올 성지한은 아직도 귀가를 하지 않고 있었다.

[지한이는, 수련실에 들어갔겠지.]

"엄마…… 역시 그런가?"

[그래. 관리자의 팔에, 망혼의 힘까지 이식했으니. 여기에 부작용이 나타나진 않는지 테스트를 하고 귀가할 거야.]

"응. 근데 엄마 집에 있으니까 기분이 이상하네."

[그러니?]

윤세아는 집으로 자신을 데리고 온, 성지아를 보고는 신기한 듯 바라보았다.

이렇게 엄마랑 집으로 돌아올 수 있게 될 줄이야.

"이제 같이 사는 거지?"

[응. 내가 갈 데가 어디 있니.]

"응응! 어딜 가, 나랑 살아야지! 근데…… 왜 그렇게 둥둥 떠 있어?"

[그야.]

공허의 기운에 넘실거린 채, 허공에 둥둥 떠 있던 성지아는.

윤세아의 의문에 살짝 내려왔다.

그러자.

콰지지직……!

금세 금이 가는 대리석 바닥.

[내가 좀 무거워서.]

"아, 돌이라서……."

[응. 거기에 공허도 흐르니까. 집 망가뜨리면 안 되지.]

"삼촌이 얼른 열쇠 가지고 와야겠네."

[열쇠? 그건…….]

그렇게 둘이 대화를 나눌 무렵.

삑. 삑삑!

황급히 문이 열리는 소리가 들리더니, 윤세진이 얼른 집으로 들어왔다.

그리고 석상 상태의 성지아를 보자.

"지, 지아야! 돌아왔구나……!"

그는 눈시울을 붉힌 채 이리로 달려왔지만.

[윤세진. 다가오지 마.]

스스스…….

윤세진과 성지아 사이로, 보랏빛의 운무가 쳐졌다.

개중에서도 특히.

"엄마. 왜 얼굴을 더 집중적으로 가려……."

윤세진의 얼굴이 보이는 쪽에는, 더 강력한 보랏빛 안개가 그를 가리고 있었다.

"여, 여보……?"

[후우. 벌써 당신을 볼 줄 몰랐는데.]

"그건…… 무슨 뜻이지?"

[당신 얼굴은, 이혼 서류에 도장 찍을 때만 볼 거야.]

"이, 이혼……!?"

그 말에 화들짝 놀라는 윤세아.

하나 성지아의 의지는 확고했다.

[그래. 여자에 홀려서 딸을 버린 아빠랑 어떻게 같이 살겠니?]

"그, 그건 아빠도 세뇌에 걸려서 그런 건데……!"

[엄마한테 원인은 중요하지 않단다. 결과가 중요하지.]

그렇게 말하는 성지아는.

석상 상태임에도, 두 눈에서 살기마저 느껴졌다.

[나는 많은 세계를 봐 왔단다. 저 인간은 늘 시즈루에게 넘어갔고, 널 버렸지. 너는 여기 이 집에서 쫓겨나, 지한이랑 반지하에서 살다가 언제나 일찍 세상을 떴단다. 윤세진의 딸이어서, 아르바이트 자리 하나 구하는 것도 힘들어했지…….]

"그건…… 지금은 그러지 않았잖아! 그 언젠지도 모를 세계를 본 거 때문에 아빠한테 바로 이혼장 날리는 건 좀……."

[나도 알아. 그래서 너희 아빠에게 살의를 드러낼 뿐, 죽이진 않잖니.]

스스스…….

이 자리에서는, 성좌로 가장 강한 성지아는.

공허의 기운을 내뿜으려는 것을 애써 참고 있었다.

[지금의 윤세진은 그래도 널 죽음으로 몰아넣진 않았으니까. 네 삼촌 덕에, 정신을 차리고 너에게 최소한의 속죄는 했으니까. 그러니 애써 저 머리통을 부수고 싶은 걸 참고, 이혼만 하려는 거란다.]

"저, 엄마…… 좀 과격해지셨는데요……."

[과격? 난 정말 많이 참고 있어. 네 삼촌 때문에도 화나 죽겠는데, 저 인간까지 보니까 눈이 뒤집힐 거 같거든.]

"사, 삼촌은 왜."

[난 괜찮다는데! 누나 말은 무시하고 무릴 하잖아!]

콰드드득.

성지아가 주먹을 움켜쥐자, 보랏빛 돌가루가 바닥에 떨

어졌다.

[내가 전 재산을 후원해서 하지 좀 말라고 했는데 굳이 팔 이식하고! 얼굴에 금은 또 왜 가게 한 거야? 진짜…… 미쳐 내가! 우리 집안 남자들은 왜 이렇게 철이 없을까?]

"아빠도 집안 남자로 인정해 주는 거야?"

[아, 맞어. 아니지. 이제 아니야 저 인간은.]

성지아가 화를 터뜨리는 걸 보면서, 멍하니 서 있던 윤세진은.

털썩.

보랏빛 운무 앞에, 무릎을 꿇었다.

"……미안해. 그때의 일은, 평생토록 사과해도 모자라겠지. 지금도 세아 얼굴을 보면, 그때 일이 생각나서 가슴이 아파."

[그때 일이라. 뭐. 시즈루랑 뒹굴던 때?]

"아. 엄마! 진짜 딸 앞에서 못하는 소리가 없어!"

[너도 성인인데 뭘. 그래서 당신. 미안하면 끝이야?]

"……아니. 이혼서류, 준비해서 가지고 올게."

윤세진은 고개를 푹 숙였다.

아무리 시즈루에게 세뇌를 당했다고 해도, 이것이 야기한 결과가 사라지는 건 아니었다.

오히려 성지한과 윤세아가, 생각보다 쉽게 그를 용서해 주었을 뿐이지.

그는 성지아가 자신을 비난하자, 가슴이 답답하면서도.

'이것은 마땅히…… 받아야 할 비난이다.'

차라리 그녀가 자신을 더 매도했으면 싶었다.

"그리고…… 이 집도 나가지. 당신 살아야 하니까."

"아, 아빠! 어딜 가서 살아!?"

"……소드팰리스 아래에, 빈방이 몇 있긴 한데. 거기서 좀, 살아도 될까?"

[하, 여기 아래층? 마음 같아선 제주도, 아니 지구 반대편으로 갔으면 좋겠는데.]

"아, 엄마! 뭔 지구 반대편이야! 아무리 그래도 너무하잖아, 그건……!"

성지아는 윤세아의 만류에 어쩔 수 없다는 듯, 고개를 끄덕였다.

[……세아가 그래도 당신을 따르네. 너도 참. 바보니? 니 아빠가 뭔 짓을 했는지 기억 못 해?]

"그건 세뇌 때문이잖아!"

그러면서 윤세아는 뺨을 긁적였다.

"그리고, 사실 삼촌 땜에 별로 안 힘들었어. 그때 딱 정신을 차리고, 갑자기 모든 일을 처리해 줬거든."

[지한이가……? 그래. 이번엔 참 마음에 들어. 누나 말 안 듣는 거 빼고 말이야.]

"그러니까! 나는 괜찮으니까, 너무 몰아가지 마 아빠. 무슨 지구 반대편이야 진짜!"

[……알았어. 당신. 세아 덕인 줄 알아. 어디 살든 상관

안 할게. 내 눈에만 보이지 마.]

"고맙다……."

성지아의 말에, 윤세진이 고개를 푹 숙였을 때.

"……다들 뭐 합니까?"

스으윽.

거실 창문을 통해 들어온 성지한이.

황당하다는 표정으로, 온전히 모인 가족들을 살펴보았다.

* * *

스으윽.

성지아는 베란다 창을 통해 들어온 성지한을 보고는, 팔짱을 끼었다.

[지한아. 너는 저기 문도 있는데 왜 베란다로 다니니?]

"여기가 더 빨라."

[너 진짜…… 사람들이 깜짝 놀라잖아!]

"누나가 요즘 여기 안 살아 봐서 그런데. 내가 이리로만 다녀서 다들 그러려니 해."

[어휴…… 정말 한 마디도 안 져!]

"아, 잔소리는 됐고. 자."

휙.

성지한은 본격 잔소리를 가동하려는 성지아에게 열쇠

를 던졌다.

“돌멩이로 그만 있고, 사람으로 돌아와.”

[너, 너. 이것도 그래! 누나가 전 재산 투자해서 후원했잖아! 나 신경 쓰지 말고 부수라고! 근데 그거도 무시해?]

“1021만 GP가 전 재산이야? 무슨 성좌가 돈이 그리 없냐?”

[종족 변경 키트 사느라 돈 다 썼어!]

“그 쓸모없는 거? 어휴…… 자랑이다.”

[뭐! 야!]

“됐고 돈 다시 돌려줄게.”

성지한이 GP를 전송해 주자, 이건 또 얌전히 받는 성지아.

둘의 모습을 보고는, 윤세아가 어이없다는 듯 말했다.

“……엄마랑 삼촌은 오자마자 싸우네.”

“그래. 익숙한 풍경이네.”

“근데 뭔 일이에요? 매형 무릎 꿇고.”

[우리 이혼하기로 했어.]

“아, 그래요?”

성지한은 성지아의 말에, 별거 아니라는 듯 고개를 끄덕였다.

“……삼촌 아무렇지도 않아?”

“기억을 지녔다고 들었을 때, 예상은 했거든.”

“그, 그래?”

자신도 회귀 전의 그 암울한 기억을, 하나도 아니고 여럿 가지고 있었으면.

윤세진이 세뇌를 당했건 말건 잡아다 족쳤을 테니까.

오히려 이 정도에서 끝난 게, 윤세진 입장에선 다행이지.

"……처남. 아니, 이젠 그냥 지한이라 불러야겠군. 몸은 좀 어때? 그 손…… 괜찮아?"

"아, 이 손요."

성지한은 오른손을 들었다.

그러자 그의 손등 위에서, 불길하게 번쩍이는 붉은 눈.

그의 팔에서 불그스름한 아지랑이가 피어오르나 싶더니.

스스스…….

피부색이 원래의 성지한 것처럼 돌아왔다.

"아직까진 괜찮습니다."

겉으로 보기에는, 눈알 빼고는 어느 정도 제어되는 것 같은 손.

성지한은 자신의 오른팔을 보면서.

'그래. 아직까진…….'

집에 오기 전 들렀던, 수련장에서의 일을 떠올렸다.

* * *

조금 전, 태극의 망혼의 힘을 흡수하고 난 후.

'집에 가기 전에, 나부터 살펴야겠군.'

이번에 막대한 힘을 얻은 성지한은 귀가하기 전, 상태를 체크하기로 했다.

현재 관리자의 손을 이식한 데다가, 공허처리장까지 아예 얼굴에 박혀 버렸으니.

현재 그의 상태는 걸어 다니는 시한폭탄이나 다름없었다.

'500레벨이 넘어 업그레이드된 공허의 수련장이니, 힘을 실험해 보기엔 괜찮겠지.'

그렇게 그가 공허의 수련장에 진입하자.

"한 건 해 주셨더군요."

아레나의 주인이 이미 거기서 기다리고 있었다.

"또 왔어? 바쁜 몸은 아닌가 보군."

"바쁩니다만, 이 일 처리가 최우선이니까요."

성지한의 말에 담담히 대답한 그는, 그의 손을 바라보았다.

"수련장으로 온 걸 보면, 아직은 손에 먹히질 않으셨군요."

"왜 그렇게 생각하지?"

"관리자의 손이 당신을 지배했다면, 그가 이리로 올 리가 없으니까요."

"아하."

관리자의 손이 성지한을 지배하면, 굳이 공허의 수련장으로 들어올 리가 없다는 거군.

성지한은 고개를 끄덕이며, 손을 바라보았다.

붉은 눈이 번뜩이는 오른손등은.

[정보 수집 중이었는데 이리로 들어와서 끊겨 버렸음…… 그래도 놀라운 결과를 알아냄. 역시 본체는 본체였음.]

예전처럼 겉에 문자를 띄우지 않고, 그에게 안에서 뜻을 보냈다.

'왜 내가 본첸데?'

[저놈 가면 알려 주겠음.]

아무리 관리자의 손이 오른팔로 안착했다 해도, 아직 아레나의 주인 눈치를 보긴 하는군.

'알았다.'

성지한은 그리 대답하고는, 아레나의 주인을 바라보았다.

중절모를 쓴, 우주 형상의 얼굴.

그는 성지한을 바라보며, 눈을 반짝였다.

"제가 이곳에 온 이유는, 공허처리장 때문입니다."

"왜, 얼굴 뜯어 가려고?"

"마음 같아서는 그러고 싶지만, 윗분께서 허락하지 않으셨습니다."

성지한은 미간을 찌푸렸다.

그의 윗분이라면, 흑색의 관리자일 텐데.

관리자가 아니었다면 진짜 얼굴 뜯겼을지도 모르겠다.

"그래서 말인데. 혹시 얼굴 기부할 생각 없으십니까? 그분께서도, 본인이 주겠다는 건 막지 않으실 겁니다."

"무신을 깔끔하게 처리해 주면 기부할 수도 있지."

"안타깝군요. 그에게 그런 식의 개입은 불가능합니다."

"왜 안 되는데?"

"설명하긴 복잡하지만…… 그저, 공허가 직접 나서기엔 제약이 있다고 보시면 됩니다."

"흠. 그럼 얼굴 떼 주긴 그렇군."

성지한은 금이 간 자신의 턱 부분을 매만졌다.

공허를 300이나 늘린 데다가, 수용 한도까지 999로 변하게 해 준 공허처리장.

하나 얼굴 끝에서 시작한 균열은, 언제 커질지 몰랐다.

'폭탄을 두 개나 달고 다니네.'

그것도 팔이랑 얼굴에 말이야.

그래도 이왕 터질 거면, 무신 앞에서 폭발시켜야지.

성지한이 그렇게 몸에 융합된 것들에 대해 생각하고 있을 때.

"역시 기부는 힘드십니까. 그럼, 본론으로 들어가야겠군요."

"본론?"

"예."

지이이잉…….

우주 얼굴 속에, 반짝이는 두 별에서 빛이 피어오르더니.

아레나의 주인은 커다란 화면을 띄웠다.

"이번에 아레나에서, '초심자의 아레나'란 행사를 할 겁니다."

"초심자의 아레나라."

"중급에 도달하지 않는 종족들을 모아다가, 진화 보너스를 주는 행사죠."

"……중급 아래인가."

"네. 거기에 다이아 리그의 선수들도 참여할 수 있도록, 전폭적인 참여 기회를 마련할 겁니다."

성지한은 이 말을 들으며 눈을 깜빡였다.

아레나의 주인이 나열하는 조건들이, 어째.

"……인류의 상황과 딱 맞아떨어지는군. 내 기분 탓인가?"

"아니요. 이번 초심자의 아레나는, 인류에게 맞춰진 행사입니다. 참여 조건도, 보상도. 인류가 진화 보너스를 가져갈 수 있도록 세팅이 되어 있죠."

아레나의 주인은 성지한의 의문에 순순히 긍정했다.

"왜 그런 거지?"

"인류가 하루라도 빨리 중급 종족이 되어야 하니까요. 위에서는, 그 기회를 주길 원하십니다."

"관리자가……."

"네. 그래도 운영진이 한 종족에게 직접적으로 진화 보너스를 줄 수는 없으니, 판을 마련한 것이지요."

인류가 최하급에서 하급으로 진화하면서.

이 종족을 제대로 인식하고, 이들과 엮인 무신을 감시하기 시작한 흑백의 관리자.

하급에서 중급이 되면, 그들이 인류를 더 면밀히 살펴볼 수 있을 것이다.

'……거기에, 만약에 이그드라실의 말이 맞다면. 인류 종 자체가 적색의 관리자인지도 종의 진화로 확실히 확인이 가능할 테고.'

표면적으로는 인류에게 더할나위 없이 좋은 제안이지만.

그 안에는, 여러 의도가 담긴 '초심자의 아레나.'

하지만, 그렇다고 이걸 안 받을 수도 없었다.

"아, 그리고 이 행사에서 성지한 님은 제외가 될 겁니다."

"나는 참여 못 한다고?"

"다이아와 마스터 리그 소속 플레이어만 참여할 수 있거든요."

"이왕 밀어줄 거면 나도 나가게 하지 그랬나?"

"당신은 지금 배틀튜브에서 상당히 주목받고 있는 상태입니다. 그런데 초심자의 아레나라는, 불공정한 행사를 주최한다면 강력한 항의가 들어오겠죠."

"관리자는 플레이어의 항의 따위는 신경 쓰지 않을 줄 알았는데."

"쓸데없는 잡음이 나오는 건 귀찮으니까요."

그래서, 주목도가 높은 성지한은 참여하지 못하도록 조건을 설정하고.

인류 플레이어만 초심자의 아레나에 참여시키겠다?

'꼭 그런 이유만은 아닌 것 같은데…… 이놈이 가르쳐 주진 않겠지.'

항의가 귀찮아서 배제했다는, 말도 안 되는 핑계를 댄 아레나의 주인이다.

그에게 캐물어 봤자 진짜 이유가 나오진 않겠지.

"그러니 당신께서, 인류에게 이 행사 참여를 독려해 주십시오. 진화 보너스를 많이 챙겨 가도록 말이죠."

"어떻게든 인류를 중급으로 만들고 싶어 하는군."

"예, 그것이 윗분의 뜻이십니다."

스으윽.

아레나의 주인은 성지한의 팔을 잠시 바라보더니.

"그럼, 이만 물러나겠습니다."

"끝? 초심자의 아레나를 알려 줄 거였으면, 직접 올 필요도 없었을 텐데."

"제 용건 중엔, 성지한 님의 상태를 살피는 것도 있었습니다. 괜찮으신 것 같으니, 이만 가지요."

"그래. 잘 가."

성지한이 손을 흔들자.

스스스…….

어둠 속으로 사라지는 아레나의 주인.

그가 가자마자.

[누가 서열 4위 아니랄까 봐, 상당히 거슬림.]

"4위라고?"

[내 때만 해도 그가 공허 서열 4위였음.]

예전에 그림자여왕에게 아레나의 주인이 공허에서 20위권 안엔 든단 이야기를 들었다만.

그가 그렇게 고위급 존재일 줄은 몰랐다.

"그가 여기까지 온 걸 보면, 역시 네가 신경 쓰였나 보군."

[그런 듯. 난 본체를 먹어치울 생각이 없는데 착각하나 봄.]

"그래서 아까 네가 알아낸 놀라운 결과는 뭐냐?"

[아 그거. 님. 이건 놀랄 수밖에 없을 거임. 님 종족이……!!]

성지한은 그가 종족 운운하며 뜸을 들이자, 심드렁이 대꾸했다.

"설마 인류가 알고 보니 적색의 관리자였다. 이 말 하려는 거냐?"

[?? 어케 알고 있었음?]

"이그드라실이 알려 줬지."

[녹색이 알아챘다고? 헐 망했음…….]

성지한의 대답에, 당혹해하는 관리자의 손.

하나 그도 기분이 썩 개운치는 않았다.

'이그드라실이 거짓을 말한 게 아니었나 보군.'

이그드라실에 이어서, 적색의 관리자의 손까지 저러는 걸 보면.

진짜 적색의 관리자가, 인류라는 종 자체에 스며든 게 확실한 건가.

[안 되겠음. 녹색이 견제하기 전에 빨리 인류 진화시키고 합체 프로세스 가야 함.]

"합체라."

[성화로 이 행성을 불태우면, 인류 모두가 본체에게로 귀의할 것임. 그러면 본체는 예전의 힘을 되찾을 수 있음. 아니, 인류가 중급이 된다면 더 강해질지도.]

"그럼 나도 사라지고, 적색의 관리자만 남겠군."

[? 그렇지 않음. 본체는 인류 중에서도 가장 뛰어난 적의 자질을 지니고 있음. 새로운 적색의 관리자는 본체가 될 것임. 인간에서, 관리자로 승화하는 거임!]

인류를 모두 성화에 불태우고, 새로운 적색의 관리자가 되라는 손.

성지한은 묵묵히 말을 듣다가, 그에게 물어보았다.

"그건 진화 후에 생각하고. 왜 하필 내가 본체의 자질을 지니고 있지?"

[그게 무슨 소리임? 능력을 갖췄으니 본체인 거임.]

"왜 나인지가 궁금해서. 적의 자질에는, 혈통이라도 있나?"

[그건 그냥 랜덤임.]

"……랜덤이라고?"

[핏줄로 자질이 계승되는 거면, 그 혈통이 사라졌을 때의 위험성이 너무 큼. 본체에게 힘이 발현된 건, 우연히 그리된 것임.]

집안에 뭐가 있는 줄 알았는데, 아니었나?

성지한은 그 말을 들으며 일단 고개를 끄덕였다.

[어쨌든, 인류의 진화 후 내가 열심히 보필해서 성화를 이 행성 전역에 피워 버리겠음.]

"그래. 지금보다는 진화 후가 좋겠지. 그래야 관리자의 불도, 더 강하게 흡수할 수 있을 테니까."

[맞음. 좀만 참으셈.]

아직 이 팔을 완전히 지배한 것도 아닌데, 괜히 나 그럴 생각 없다고 할 필요는 없지.

성지한은 관리자의 손에게 일단은 그렇게 맞장구를 쳐 주며.

'그때까지가 이 팔을 지배할 데드라인이군.'

물끄러미 오른팔을 바라보았다.

종족이 진화한 후에도, 성화를 지피지 않는다면 이 녀석이 반역을 하려 들겠지.

'초심자의 아레나에서 진화 보너스를 획득하지 않는다면. 데드라인이 멀어지긴 하겠다만.'

진화 보너스를 받지 말라고, 사람들에게 이야기할 수도

없는 노릇이고.

그렇게 행동하면 이 팔이 왜 그러냐면서 난동을 부릴지도 모른다.

일단은 일을 진행해 가면서.

인류가 중급으로 진화하기 전에, 팔을 장악해야겠어.

성지한이 그 전까지는 녀석의 장단을 맞춰 주기로 마음먹고 있을 때.

[본체가 기다릴 줄 알아서 다행임. 예전 본체는 성급해서 일을 그르쳤음.]

'뭐 했는데 예전 적색은?'

[업적 달성한다고 무리하다가 너무 일찍 관리자가 됨. 정식 프로세스로 나아가야 했는데…….]

관리자의 손이 뜻밖의 이야기를 했다.

"업적?"

[성좌 되기 전에, 대성좌를 굴복시킴.]

성지한은 그 말에 눈을 번뜩였다.

이그드라실이 말했던 '놀라운 업적'.

그게 이거랑 연관이 있나?

"관리자가 되기 위해 필요한 업적이…… 성좌 되기 전에 대성좌를 꺾는 거였나?"

[원래는 대성좌가 된 이후에, 힘을 모으며 기다리는 게 정식 루트임. 하지만 예전 본체처럼 대성좌를 꺾는, 전 우주를 뒤흔들 업적을 달성하면…… 관리자가 될 길이

새로 생겨남.]

"적색은 어떻게 한 거야 그걸? 힘의 차이가 엄청났을 텐데."

[간단함. 대성좌보다 더 강했음.]

"아, 그래……."

정답 한번 심플하군.

성지한은 그리 대꾸하며, 놀라운 업적에 대해 생각을 해 보았다.

'이그드라실이 업적을 달성하면, 임시 관리자로 추천해 준다고 했지.'

놀라운 업적을 달성하고.

임시 관리자가 돼서, 인류를 편집하라는 이그드라실.

그 말을 온전히 따를 생각은 없었지만, 그래도 방법 자체는 알아보려고 했는데.

뜻밖에도 적색의 손에게서 놀라운 업적에 대한 힌트를 알아낼 수 있었다.

다만.

'내가 대성좌를 이길 수 있나……'

성지한은 자신의 상태를 살펴보았다.

이 정도면, 성좌급은 고위 레벨이라도 상대가 가능했지만.

대성좌는 또 급이 다른 상대였다.

거기에.

'어디서 만나 그놈들을.'

지금 성지한이 인지하고 있는 대성좌는 둘.

드래곤 로드와, 태양왕이었다.

하나 태양왕은 어디 있는지 알려지지 않는 상태고.

드래곤 로드는 자신을 후원하는 후원 성좌였지만.

'내가 성좌가 아니라서 그의 레어로 소환되지 못했지.'

[대성좌 '드래곤 로드'가 본격적인 후원을 위해, 플레이어를 자신의 레어로 소환하려고 합니다.]

[플레이어 성지한이 '성좌' 자격을 얻지 못하여, '대성좌'의 소환에 응할 자격이 되지 못합니다.]

성지한은 예전에 보았던 시스템 메시지를 떠올렸다.

결국 이러면, 드래곤 로드건 태양왕이건.

만나서 도전하기도 힘든 상황이군.

'……일단은, 그 업적의 실마리를 찾았단 것에 만족해야겠네.'

성지한은 그렇게 생각을 정리하고.

균열이 생긴 얼굴을 매만졌다.

얼굴에 흡수된 공허처리장은, 아직 매우 안정적인 상태였다.

'그래도 일단은 둘 다, 당장은 터지지 않겠어.'

성지한은 그렇게 한 차례 점검을 끝내고는.

다시 수련장 밖으로 나섰다.

그리고 귀가한 그가 본 것이 바로.

[……알았어. 당신. 세아 덕인 줄 알아. 어디 살든 상관 안 할게. 내 눈에만 보이지 마.]

집에서 펼쳐지던 이혼 소동이었다.

“그럼 이혼 절차는 그렇게 진행하는 걸로 하고.”

“그, 그게…… 끝이야?”

성지한은 이 상황을 말려 주길 바라는 윤세아를 외면하고는.

“아레나의 주인이, 저에게 제안한 것이 있습니다.”

‘초심자의 아레나’에 대한 이야기를 꺼냈다.

4장

4장

하루 뒤, 소드 팰리스의 대기 길드 사무실.

"……그러니 이제 곧, 아레나에서 초심자의 아레나로 인류를 초대할 것입니다."

성지한은 오랜만에 길드 채널을 통해, 초심자의 아레나에 대한 이야기를 꺼냈다.

-진화 보너스를 주는 아레나라니…….

-초심자…… 이거 우리한테 딱 맞는 조건인데?

-우주의 기운이 인류에게로 모이는 느낌이 든다…….

초심자의 아레나에 대한 설명을 듣고, 참여 조건이 인류에게 딱 맞다면서.

사람들의 반응은 대체로 긍정적이었다.

—근데 다이아 마스터만 출전 가능하면 성지한이 못 나가잖아…… 그럼 그냥 거기서 들러리 서지 않을까?

—아 그런가 성지한이 못 나가면 진화 보너스 못 챙길 거 같은데 ㅋㅋㅋㅋ

—ㄴㄴ 그래도 같은 하급 종족끼리면 할 만할 듯? 우리도 꽤 세짐.

물론 인류의 필승 카드인 성지한이 못 나가는 게 아쉽긴 했지만.

인류 플레이어들의 수준이 예전보다 많이 올라간 만큼, 진화 보너스를 꽤 챙겨 올 것으로 기대되었다.

“오너님, 그러면 초심자의 아레나와 관련하여 자세한 경기 내용 같은 건 아직 나오지 않은 건가요?”

“예, 그렇습니다.”

“아하, 그렇군요. 그러면 초심자의 아레나와 관련된 소식은, 여기서 마무리 짓고…….”

이하연은 채팅창을 힐끗 보더니, 화제를 돌렸다.

“오너님 몸은 좀 어떠신가요? 관리자의 팔을 이식했을 때, 모두가 깜짝 놀랐어요. 거기에 팔뿐인가요. 얼굴에도 상처가 생기고…….”

“몸은 멀쩡합니다.”

탁. 탁.

성지한은 그러며 머리도 손가락으로 두드렸다.

"정신도 마찬가지구요."

평소랑 별다를 것 없는 성지한의 모습에, 사람들은 안도했다.

–오, 뭐 지배받지는 않나 보네…….

–관리자의 손도 별거 없구만?

–어제는 진짜 식겁했는데 ㅋㅋㅋ

–근데 왜 어비스의 주인이 성지한이랑 똑같이 생겼을까?

–글쎄 ㅋㅋㅋ 도플갱어 같은 몬스터 아니야?

–그런가? 근데 뭔가 열쇠를 줄 때 필사적이던데…….

"어비스의 주인은…… 글쎄요. 추측에 맡기겠습니다. 그리고."

성지한은 길드 채널 채팅을 바라보다가, 한마디를 더 던졌다.

"저희 누나도 이번에 어비스에서 풀려나 귀가했습니다. 지금은 '인류' 상태가 아니지만 몸 상태가 돌아오면, 인사드릴 날이 있을 겁니다."

–오?!

—성지아 님도 복귀…… 그러고 보니 후원했었지.
—근데 왜 인류 상태가 아닌 거임? ㄷㄷ
—뭐 어때 돌아온 게 어디야 ㅎㅎ
—서포터 한 명 더 추가됐으니 우리나라가 이번 챔스도 지배하겠네.
—원래 지배했음 ㅋ

성녀 성지아가 어비스에서 풀려났다는 소식에, 사람들은 큰 관심을 보였다.
"성지아 님이 돌아오셨다니, 그럼 대기 길드의 자리도 하나 비워 둬야겠어요!"
"뭐, 언제 인간으로 돌아올지는 모릅니다. 열쇠는 줬는데 안 쓰고 있네요."
"어…… 왜 안 쓰시죠?"
"그러게 말입니다."
아직은 성좌 상태에서 돌아갈 수 없다고, 인벤토리에 열쇠를 넣어 둔 성지아.
성지한은 그냥 돌아오라는데도 고집불통인 누나를 떠올리며 미간을 찌푸렸다.
사람이 어비스 가더니 더 억세졌어.
"그럼, 여러분. 이만 물러나겠습니다."
성지한이 그렇게 길드 채널을 통한 방송을 끝마치고 나자.

이하연이 목소리 톤을 낮춘 채, 그에게 질문했다.

"오너님, 오너님! 그…… 아까. 윤세진 님을 만나 뵈었는데 그게 사실인가요?"

"이혼요?"

"네, 네……!"

"예. 두 분께서 그러기로 합의했습니다."

진짜구나.

이하연은 놀란 얼굴로 고개를 끄덕거렸다.

"그건 역시. 예전에 시즈루 때문인지……."

"예, 뭐. 그것도 있고. 누나가 본 멸망 시나리오에서 모두 매형이 배신하는 결과가 나와서요. 도저히 같이 못 살겠다고 하네요."

"멸망 시나리오라면…… 저번에 오너님께서 플레이했던 것 같은 미래상인가요."

"네."

이하연은 그 말을 듣자, 이에 관심을 보였다.

"미래라…… 성녀님께서 보신 미래에 저는 어땠을지 궁금하네요."

"하연 씨의 미래에 대해선. 저도 아는 바가 있긴 합니다."

"어, 정말요? 성녀님께서 말씀하신 게 있어요?"

"누나한테 들은 건 아니지만."

툭. 툭.

성지한은 자신의 금 간 얼굴을 두드렸다.
"여기서 좀 얻은 정보가 있죠."
사실은 회귀 전에 얻었던 정보지만, 굳이 나 회귀했다 할 필요는 없으니까.
성지한의 말에, 이하연이 눈을 반짝였다.
"와, 미래의 전 어때요?!"
"아메리칸 퍼스트의 2군 길드장. 매번 도박중독으로 패가망신하고, 알콜 중독으로 매번 술주정만 부렸습니다."
"네……."
"별명은 제로였다고 하는군요. 매번 전 재산이 0원이어서."
"크흠…… 그거 정말. 아가씨답습니다."
뒤에 있던 임가영이 비웃음을 애써 참고 헛기침을 했다.
"뭐, 뭔 소리야 그게! 도박, 아니 승부예측에서 손 뗀 지가 언젠데!!"
"누나의 멸망 시나리오에선 제가 이 정도 존재감을 보이지 않았었거든요. 만약 하연 씨가 대기 길드 마스터가 되지 않고, 예전처럼 이성 길드의 부장으로 지냈다면 어땠을까요?"
"그, 그럼……."
"그럼 아가씨는 또 한탕을 노리고 베팅했을 겁니다."
"윽……."

이하연은 임가영의 말에 반박하질 못했다.

이번에 베팅에서 손을 뗀 것도 대기 길드 마스터였던 것에 더불어서, 성지한에게 도박 중독자 이미지로 안 비추려고 필사적으로 노력해서 그리된 거지.

예전처럼 이성 길드에 있었으면, 분명히 또 승부 분석한다고 돈 마구 베팅했겠지.

"지금 대기 길드의 마스터를 하는 게 가장 희망찬 루트네요."

"그렇죠. 앞으로도 잘 부탁합니다."

"네, 그런데."

스읏.

이하연은 성지한에게 다가와, 그의 얼굴을 바라보았다.

"정말 괜찮으신 거죠?"

"아직까진 이상 없습니다."

"아직이라고 하시는 게 마음에 걸리네요."

"뭐, 미래에 어떻게 될지는 저도 모르니까요."

무신이랑 싸울 땐 가진 힘 모두 쏟아부을 텐데.

그땐 이 폭탄들이 다 터져 버릴지도 모르지.

성지한은 그리 생각하며, 자리에서 일어났다.

"그럼 전 이만, 수련 좀 하러 가겠습니다."

"아, 오너님. 가시기 전에 길드의 실적 보고서 좀 가져오겠습니다. 거기에 어제 각국의 정상께서 오너님 안부를 묻는 전화도 쇄도했는데 이에 응대해야 하지 않을까요?"

"모든 일, 전적으로 하연 씨한테 맡기죠."

안 그래도 힘 컨트롤하기 바쁜데, 잡무까지 떠맡을 수는 없지.

성지한이 눈 깜짝할 사이에 사라지자, 이하연이 그의 빈자리를 보면서 한숨을 쉬었다.

"……아니, 이거 오너님 길드란 자각은 있으신 거야?"

"요즘은 뭐, 업무 아예 안 보셨지 않습니까. 아가씨도 사람 쓰시면서 일 편하게 하시죠."

"에휴…… 그래야지. 그래도 각 나라 정상들한테 응대 전화하는 건 남 시키기가 그런데. 가영아, 미국 대통령과 통화해 보겠니?"

"정중히 사양하겠습니다."

"……결국 또 내가 해야겠네."

이하연은 손가락으로 지끈거리는 머리를 감쌌다.

* * *

소드팰리스의 펜트하우스.

"아빠…… 그게 짐 전부야?"

"어, 갈아입을 옷만 있으면 됐지."

집을 나가기로 한 윤세진은, 캐리어 하나만 끌고 현관문 앞에 서 있었다.

"그럼 세아야. 아빤 아래서 살 테니, 종종 보자."
"아, 같이 가. 아빠!"
윤세진을 배웅하러 나온 윤세아는 뒤를 힐끗 바라보았다.
"엄마, 갔다 와도 되지?"
윤세진의 얼굴은 보기도 싫은지 공허의 운무를 팍팍 뿌리고 있던 성지아는.
[그래. 갔다 오렴.]
순순히 그녀를 보냈다.
삑.
엘리베이터를 타고 내려가는 두 부녀.
둘이 그렇게 가고 얼마 안 있어서.
번쩍!
성지한이 허공에서 튀어나왔다.
"어? 매형 벌써 갔어?"
[그래. 매형이라고 부르지 말고 이젠 윤세진이라고 하렴.]
"매형이 입에 익어서…… 알았어. 차차 고칠게. 짐 싸는 데 시간 걸리는 줄 알았는데 금방 끝났구나."
윤세진이 아랫집으로 가기 전에 수련장에서 힘 점검이나 하고 오려 했더니.
뭐 벌써 짐을 다 쌌네.
"나중에 인사해야겠다."

[그러렴. 수련장에서, 볼일은 잘 봤고?]

"어. 힘 조절 테스트 좀 해 봤는데. 아직까진 괜찮아. 둘 다 내 말을 생각보다 잘 듣네."

길드 채널을 통한 발표 후, 이하연의 보고를 피하기 위해 수련장으로 대피했던 성지한은.

힘 컨트롤을 어느 정도 끝낸 상태였다.

'이 정도면, 챌린저리그에서 바로 써먹을 수 있겠군.'

오늘부터, 챌린저 게임도 매칭을 돌려야겠네.

성지한이 그리 생각하며 자신의 팔을 바라볼 무렵.

[다행이네. 근데 지한아. 근데 아까 네가 발표할 때, 옆에 있던 길드 마스터랑은 무슨 사이니? 상당한 미인이던데.]

"무슨 사이긴. 동업자지."

[사귀진 않고?]

"그런 사이는 아니야."

성지아는 성지한과 이하연의 관계를 캐물었다.

[그런 아가씨랑 겨우 동업 관계로 만족하니? 지한아. 너도 이제 사람 만나야지!]

"이혼 중인 누나한테 연애하란 잔소리를 들을 줄은 몰랐는데."

[그러니까 더욱 그러는 거란다. 나처럼 한 명만 만나고 결혼했다간, 이렇게 이혼할 수도 있는 거야.]

누나 풀어 준 건 좋은데, 집에 무슨 잔소리꾼이 한 명

들어온 느낌이네.

성지한은 손을 설레설레 흔들었다.

“무신 쓰러뜨리면 안 말려도 할 테니까 걱정 마.”

[이상하다. 미국에선 그렇게 카사노바처럼 지내더니…….]

“그건 또 뭐야. 누나가 본 미래야?”

[응. 그 소피아란 아가씨한테 정착한 경우도 있었지만, 아무리 내 동생이라도 너무하네 싶은 케이스도 많았거든. 최장 9다리까지 봤어 나.]

그때야 가족들도 다 죽었고, 한국도 던전핵에 잠식되어 멸망했으니까.

미국에서 그냥 망나니처럼 산 거지.

성지한은 저번 생의 삶을 잠시 떠올리다가, 미간을 찌푸렸다.

‘그래도 9다리까지는 안 했는데.’

망혼에 있던 성지한 중에선, 그런 케이스까지 있었던 건가.

[그러니까, 나중에 늦바람 들지 말고 지금 한 명씩 만나렴.]

“그건 무신 목 따고 할 테니 걱정 마시고. 누나야말로, 뭐 좋은 정보 없어? 아직 공허의 마녀잖아.”

[정보? 나 아직 공허에 소속된 몸이라, 함부로 말을 해서는 안 돼. 그러다간 네가 힘들게 구해 온 열쇠를 못 쓰게 될 수도 있거든.]

"그럼 열쇠 바로 쓰고 이야기 좀 해 봐."

[……적어도 초심자의 아레나가 끝날 때까지는 이대로 있으려고. 세아한테 힘을 전폭적으로 몰아줄 거야.]

"그 후엔 열쇠 써라. 진짜."

[노력해 볼게.]

저렇게 대답하면 안 하던데.

성지한은 미간을 찌푸린 채 그녀를 바라보다가, 문득 생각이 난 게 있어 물어보았다.

"누나 혹시 피티아 알아?"

[피티아…… 아, 네 성좌 관련 미션 때 본 적이 있었어. 인류의 군림 성좌 중 한 명 아니었니?]

"어. 무신의 종자인데, 누나가 공허의 마녀에서 해방되면 자기가 공허의 마녀로 끌려간다고 했거든."

[그래? 내가 해방되면 자기가 공허의 마녀가 된다고 했어?]

"어, 신안이 있어서 그렇다고."

[그래…… 그거에 관련돼서는 전혀 모르겠는데.]

번쩍!

그러면서 성지아는 신안을 소환했다.

[어비스의 주인…… 또 다른 네가 사라진 후 이 신안도 약해졌어. 미래를 보는 힘도 사라지고, 그저 먼 곳만 볼 수 있을 뿐이지.]

"망원경 역할이 끝이야?"

[망원경이라니. 신안이 겨우 그 급은 아니야. 지금 세아를 보고자 하면, 바로 떠올릴 수 있다고.]

신안에서 빛이 반짝이자.

윤세진과 윤세아가 가볍게 포옹하고 작별 인사를 나누는 장면이 나타났다.

[이렇게 말이야.]

"신안 유효범위가 어디까진데? 우주 밖도 가능해?"

[아니. 능력을 모두 가동해 봤자 지구 전역이 최대야.]

그럼 투성까지 보는 건 무리겠군.

'……별 쓸모가 없는데?'

꼭 이런 권능은, 아군이 지니게 되면 약해지더라.

성지한이 그렇게 신안을 보면서 아쉬워하고 있을 때.

삑. 삑삑!

윤세진을 배웅하고 돌아온 윤세아가, 황급히 집 안으로 뛰어왔다.

"삼촌! 삼촌! 메시지 봤어?"

"뭔 메시지?"

"그 하프엘프 커뮤니티! 삼촌 폰으로도 로그인 했었잖아!"

"아니, 못 봤는데. 애초에 폰을 안 들고 다니잖아. 나."

공허의 수련장에 들어가면, 고장나던 핸드폰.

그래서 안 들고 다니다 보니, 이제는 매번 성지한 방의 충전기에 꽂혀 있는 신세가 되었다.

"왠지 그럴 것 같더라! 봐봐. 삼촌. 길가메시에게서 의미심장한 메시지가 왔어!"

윤세아는 그러며 성지한에게 메시지를 보여 주었다.

거기엔.

[무신의 명으로, 피티아와 지상으로 내려오게 되었다…….]

[성지한, 이번 기회에 그녀를 제거하자. 어떠냐?]

피티아를 제거하자는 길가메시의 메시지가 담겨 있었다.

길가메시가 피티아를 제거하자며, 공조를 요청하다니.

이거, 상황이 묘하게 되었군.

'피티아의 상태가 저번 왕위 계승식 이후 이상해지긴 했다만…….'

왜 자신이 군림 성좌인 줄 모르겠다고 하더니, 그 후부터는 상태가 뭔가 이상해졌던 피티아.

요즘은 그쪽에서 연락도 오질 않았지.

그 대신인지, 길가메시가 무신에게 속은 걸 알고 협조하겠다고 말은 했었다만.

'그간 별 정보를 보내오지 않더니, 갑자기 피티아를 제거하자고 하네.'

피티아와 길가메시.

둘 다 결국 무신의 종이고, 신뢰를 보내기엔 애매한 존재다.

이 제안도, 어떻게 보면 함정이 아닐까.

[갑자기 피티아를 제거하자고 해도, 쉽게 믿기가 힘들군. 전후 사정을 좀 말해 봐라.]

[의심이 많군. 무슨 일이 일어났었는지, 보여 주지.]

지이이잉…….

그러더니, 메시지창에서 떠오르는 링크.

폰 주인 윤세아는 그걸 보면서 경계하는 기색을 보였다.

"이거 눌러도 될까? 악성 코드 심어져 있는 거 아냐?"

"……아무리 그래도 성좌인 길가메시가 악성 코드를 심겠냐."

"삼촌. 이런 건 조심 또 조심해야 해."

"그래. 그럼 아예 내 폰으로 눌러 볼게. 어차피 거의 안 쓰니까."

성지한은 방에서 핸드폰을 가져와, 링크에 들어갔다.

그러자 재생되는 영상.

그 안에는, 무신이 어둠 속에서 붉은 두 빛을 번뜩이고 있었다.

[왜 불렀지? 네 명에 따라, 열심히 관리자들의 감시자를 견제하고 있었는데.]

[더 시급한 일이 생겼다. 길가메시.]

[무슨 일이지?]

[인류가 아레나의 초대를 받아, 한 단계 더 진화하려고 한다.]

[그게 무슨 문제지? 좋은 것 아니냐?]

[인류의 왕인 너한테는 좋겠지. 하나 투성에는, 관리자의 감시가 더욱 거세진다…….]

인류가 하급 종족으로 업그레이드된 후, 기다렸다는 듯이 감시망을 좁혀 오던 흑백의 관리자들.

여기에 인류가 중급까지 업그레이드되면, 관리자의 관측은 더욱 예리해질 수 있겠지.

그런데 무신의 다음 말은 뜻밖이었다.

[너와의 약속을 미리 이행하겠다. 피티아와 함께 지상으로 내려가, 실험실을 다시 가져가게 해 주지.]

[그게…… 정말인가?!]

[그래, 피티아. 네가 그에게, 실험실이 있는 곳을 안내해라.]

[알겠습니다. 무신이시여.]

[……일단은, 고맙게 받지.]

그러면서 어두워지는 화면.

짧은 영상은 그렇게 끝이 났다.

그리고, 이 영상을 같이 보던 윤세아는 어처구니없다는 듯 의문을 표했다.

"잉…… 삼촌. 이거 중간에 끊긴 거 아니야?"

"이상하지?"

"어. 무신은 인류의 진화를 견제하는 듯하더니, 왜 갑자기 실험실을 준대?"

"이거만 봐선 모르겠네. 이놈한테 물어보자."

영상 재생을 끝내고, 하프엘프 커뮤니티 화면으로 돌아온 성지한은 다시 쪽지를 보냈다.

[실험실이 뭐지? 왜 인류 이야기를 하다 저게 나오냐?]

[현 인류는 나를 시작점으로 구축되었다.]

[원숭이가 사람이 되었다는 진화론을 부정하는군그래.]

[아니. 진화 또한 사실이다. 나도…… 그래. 호모 사피엔스 중 하나였지.]

호모 사피엔스까지 나오는 거냐.

성지한은 메시지를 보며 어처구니가 없었지만.

[하나 수많은 인간 중, 실험실에서 살아남은 건 나 하나였지. 그리고 나는 내 신성한 씨를 뿌렸고, 후손들은 번창하여 인류를 발전시켰다.]

길가메시가 추가로 보낸 메시지를 보자, 예전에 보았던 실험 장면이 떠올랐다.

적의 일족이, 인류를 시험관에 넣어서 태우다가 길가메시 한 명을 건졌던 실험.

그 후 살아남은 그가, 자신의 핏줄을 퍼뜨린 건가.

[뭐, 대부분은 쓸모없는 녀석들이었지만…… 너처럼 뛰어난 재능도 있었지. 그래. 너는 인정해 주마. 나 길가메시의 혈족으로.]

[필요 없다 그딴 거.]

[후후. 인류왕의 후손으로 인정을 받는 것이다. 고마워하도록.]

[됐고. 실험실에 대해서나 이야기하지 그래. 왜 그게 필요하지?]

[나는 실험실을 통하지 않으면, 자손을 보지 못한다.]

[그래?]

[그래. 태초의 때, 워낙 거기서 많은 씨를 뿌린 부작용이지.]

성지한은 미간을 찌푸렸다.

그러니까 지금 자손 보려고 실험실이 필요한 건가?

[인류가 네 후손이라며. 근데 뭘 또 자식을 보려고 그러냐?]

[너같이 뛰어난 녀석만 있으면 모를까. 쓸모없는 것들이 대다수지 않느냐. 새로 후손을 보아서, 길가메시의 혈족을 다시 완성해야지.]

정말로 숭고하기 짝이 없는 이유군.

성지한은 실험실에 대해서는 더 자세히 캐묻지 않기로 했다.

대신, 원래의 목적에 집중했다.

[피티아를 제거하려는 이유는 뭐지?]

[무슨 소리냐? 당연히 그녀가 무신의 충실한 종이니까 그렇지.]

[그래? 하지만 그녀, 예전엔 나한테 꽤 많은 정보를 물

어다 줬거든.]

[흥. 그런 짓을 해 왔었나? 예전부터 눈동자를 마구 굴리며 쓸데없는 생각을 하는 게 눈에 보였지…… 하지만. 그녀는 군림 성좌임을 자각하고 나서부터 사람이 달라졌다.]

[왕위 계승식 이후부터?]

[그래. 예언자 따위가 군림 성좌 레벨 8이라니…… 그게 말이나 되느냐? 처음에는 자신도 믿기지 않는 것 같더니. 사람이 금방 달라졌어. 그리고…….]

길가메시는 잠시 뜸을 들이더니, 다시 메시지를 보냈다.

[강해졌다. 엄청나게.]

[강해졌다니…….]

[최근 같이 임무를 수행한 적이 있었는데. 예전과는 비교가 안 될 정도였다. 군림 성좌의 힘, 너무 손쉽게 다루더군.]

[너도 위협을 느낄 정도냐?]

[위협은 무슨! 왕이 예언자 따위에게 질 리가 없지 않으냐. 다만, 무신의 패는 동방삭으로 충분하다. 이 여자는, 완전히 상정 외야.]

길가메시는 성지한의 말에 발끈하면서도, 피티아의 강함에 대해 경계심을 드러냈다.

이 자존심 높은 놈이 이렇게 이야기할 정도면, 확실히 강해졌다는 건데…….

'흠.'

피티아가 그렇게 무신에게 충성스럽게 변모했다면, 이번 기회에 제거하는 게 맞겠지.

하지만, 성지한은 길가메시가 그다지 미덥지 못했다.

'이놈이 손만 대면 일이 실패하는 거 같단 말이지.'

지금까지야, 길가메시가 성지한과 적대적이었으니 그의 실패는 곧 자신의 성공이었지만.

이번에 협력을 하게 되면, 같은 배에 타게 되니 이야기가 달랐다.

[계획은?]

[실험실로 와라. 그곳은, 내가 제어할 수 있으니. 거기서 피티아를 가둔 후, 협공하자.]

[협공이라…… 무신에게 본격적으로 반역할 셈이냐?]

[아직은 대놓고 하지 않을 것이다. 실험실의 장치가 폭주했다고만 해야지. 그러면서, 외부와의 통신을 막고 피티아를 억류하겠다. 너는 타이밍에 맞춰 그녀와 싸워 주면 된다.]

[어째 싸움은 내가 다 하는 기분이군.]

[무신에게 내 본색을 다 드러내면, 투성의 소식을 알려 줄 이가 사라지지 않겠느냐? 그래도 사슬로 그녀의 발은 묶어 둘 테니, 전투에 큰 도움이 될 것이다.]

무신에게 들키지 않는 선에서 최대한 도와준다 이건가.

성지한이 그렇게 메시지를 바라보고 있을 무렵.

[지한아…… 이거 너무 리스크가 크지 않을까? 길가메시가 배신하면 성좌 둘이랑 싸울 수도 있는데.]

"그건 그렇지."

"엄마 말이 맞아! 거기에 배신하지 않는다고 해도, 계획이 너무 허술해 보여. 아직 찾지도 못한 실험실을 완벽히 제어할 거처럼 이야기하는 거도 그렇고…… 피티아란 성좌 억류는 말처럼 쉽나……."

같이 메시지를 보던 성지아 모녀는, 그렇게 길가메시의 계획에 불안을 드러냈다.

"나도 그렇게 생각해. 저놈 계획, 나한테 써먹을 땐 매번 물 먹었거든. 이번에도 왠지 저 말대로 될 거 같지가 않단 말이지."

"그래? 그럼 역시 안 가는 게……."

"하지만, 그래서 얘네들한테 막힐 정도면 무신도 못 이기겠지."

성지한의 최종 목표는, 방랑하는 무신.

저 둘이 동방삭도 아니고, 그저 좀 강한 성좌에 불과한데.

이들도 못 이겨 내면 무신과는 어떻게 싸울 텐가.

'오히려 지금처럼 공허처리장과 팔이 말을 듣고 있을 때, 제거하는 게 나아.'

성지한은 그렇게 가기로 결심하고는, 메시지를 보냈다.

[알겠다. 가지. 실험실 위치는 어디냐?]

[위치는…….]

* * *

2일 후.

툭.

성지한은 태평양의 한 섬에 발을 디뎠다.

호주 대륙의 북쪽에 자리한, 작디작은 섬.

길가메시가 알려 준 실험실의 위치는 분명 여기였지만.

'진짜 여기가 맞나…….'

스윽.

성지한은 섬을 둘러보았다.

야자수가 빼곡한 섬은, 길가메시가 말한 실험실과는 전혀 관련이 없어 보였다.

그때.

스스스…….

땅바닥에서 나무의 뿌리가 올라오더니, 성지한의 발에 닿았다.

[왔나. 잘 찾아왔군.]

뿌리를 통해 들리는 길가메시의 목소리.

[이제 곧 실험실이 개방될 것이다. 피티아가 봉인을 해제하고 있으니, 내가 신호를 보내면 바로 들어와라.]

그는 이미 기습할 생각에, 목소리가 살짝 흥분해 있는

상태였다.
"그래."
과연 일이 그의 의도대로 될지는 모르겠지만, 일단은 최대한 기척을 숨기고 있어야겠군.
성지한은 그리 생각하면서 대기하고 있을 때.
지이이잉…….
그의 오른손에 있는 붉은 눈이 번뜩이며, 음성을 보냈다.
[오, 본체……! 이곳, 심상치 않음.]
'뭐 좀 느껴지냐?'
[지금 봉인되어서 그렇지, 상당히 흥미로운 곳임…… 내 나름대로 여길 분석해도 되겠음? 어쩌면, 이 공간 장악할 수 있을지도 모름.]
'그래? 그럼 해 봐.'
성지한은 협조적으로 나오는 적색의 손에 조사를 해 보라고 한 후, 길가메시의 신호를 기다렸다.
그리고 얼마나 기다렸을까.
쿠르르르……!
섬 전체가, 크게 진동하기 시작했다.
[준비해라. 곧, 실험실이 개방된다.]
그 말이 끝나기가 무섭게.
지이이이잉……!
섬의 중심부에서, 거대한 붉은빛이 터져 나오며.
일제히 하늘 위로 치솟았다.

딱 보아도, 어마어마한 적의 권능.

[오, 본체! 저리로 가야 함! 가면 이 시설, 우리 걸로 만들 수 있음!]

'길가메시 거라는데 이거.'

[그게 무슨 소리임? 적색의 권능이 깃든 모든 것은, 바로 본체가 주인임! 그가 소유권을 주장할 수 없음.]

녀석.

웬일로 마음에 드는 소리를 하는군.

'그래. 가져 보고 쓸모없으면 돌려주지.'

성지한이 그 말을 듣고 출발하려고 할 때.

[서, 성지한! 빨리 이쪽으로 와라!]

마침 길가메시도, 그에게 빨리 오라고 뿌리로 음성을 보내왔다.

아까보다는, 훨씬 다급해 보이는 목소리.

어째 느낌이 싸했다.

'……또 망했나. 이놈.'

혹시나 했는데, 역시나 일을 그르치는군.

성지한은 만전의 준비를 다해야겠다고 생각하며, 힘을 바짝 끌어 올렸다.

다만.

'배틀튜브는, 일단 안 틀고 상황을 지켜봐야겠군.'

어디까지나 이번 계획의 목표는 무신의 종 피티아를 기습적으로 제거하는 것.

근데 배틀튜브로 만천하에 나 얘 죽여요 광고할 필요는 없겠지.

성지한은 그리 생각하며, 채널을 틀지는 않은 채로 섬의 중앙부에 접근했다.

그러자.

적색의 빛 한가운데에서.

“안녕하세요~ 성지한 님. 오랜만이네요?”

한 여인이 해맑은 얼굴로 손을 흔들고 있었다.

적발에 푸른 눈을 한 그녀는.

만면에 지은 미소와는 달리, 눈빛은 냉정하게 가라앉은 상태였다.

“이미 내가 올 줄 알고 있었나.”

“뭐, 어느 정도는요. 전 예언자잖아요?”

그러며, 그녀는 발로 바닥을 밟았다.

콰직!

그러자, 그녀의 발치에서 드러나는 것은.

“크, 크윽…….”

“……야. 위협 아니라며.”

형편없이 짓이겨져 있는, 길가메시의 얼굴이었다.

* * *

예언자에게 짓밟힌 인류의 왕.

피티아가 아무리 군림 성좌의 자신을 각성했다고 해도, 레벨은 동급일 텐데, 뭐 저리 빨리 패배했는지.

성지한은 길가메시를 차가운 시선으로 바라보자, 그가 얼굴을 들어 변명했다.

"이, 이건……! 결코 내가 힘이 부족해서가 아니다."

"짓밟힌 상태에서 잘도 그리 말하네."

"크윽……! 실험실이 이미 그녀의 제어 아래 들어가 있었어! 피티아, 대체 무슨 짓을 한 것이냐!"

길가메시가 이를 악물며 피티아 쪽을 올려다보자.

피식.

그녀는 웃음을 지으며, 그에게 얼굴을 가까이 했다.

"길가메시, 나 기억 안 나?"

툭툭.

그러며 자신의 얼굴을 손가락으로 가리키는 피티아.

겉으로 보이는 미소는 해맑았지만, 풍기는 분위기는 흉흉하기 짝이 없었다.

'……뭐지? 예전부터 알던 사이인가?'

예전에 피티아가 길가메시에 대해 이야기할 땐, 그래보이지 않았는데.

군림 성좌로 자신을 각성한 이후부터, 확실히 그녀는 변한 것 같았다.

그리고.

"……무슨 소리지? 넌 그저 예언자 나부랭이 아니냐."

길가메시의 대답에, 피티아의 입꼬리가 올라갔다.

"역시 멍청해."

빵!

그녀가 길가메시의 머리를 발로 차자, 그의 머리가 수박처럼 터져 나갔다.

물론.

스으으으…….

"뭘 하는 짓이냐!"

세계수의 힘을 지닌 길가메시라 그런지, 금방 머리가 다시 생겨났지만.

"머리가 터져도 금방 생기네? 와, 재생력 하나는 진짜 좋네."

"……감히 왕에게 이런 무례라니. 후회할 것이다."

"후회…… 당신이 감히 그걸 입에 담는구나?"

후회란 단어에 심기가 거슬렸는지, 피티아는 쭈그려 앉아서 길가메시의 뺨을 때렸다.

짝! 짝!

한 대 때릴 때마다 터지고, 다시 재생하고를 반복하는 길가메시의 머리.

'강하군.'

성지한은 그녀의 손동작을 보면서, 상대의 힘을 가늠했다.

길가메시의 머리를 수박 터트리듯 손쉽게 폭발시키는

피티아.

"진작 할걸. 당신 머리 터뜨리는 게 이렇게 재밌는 줄 몰랐네?"

"이게 감히……!"

부르르르.

길가메시는 어떻게든 몸을 움직이려고 했지만.

무언가에 포박을 당했는지, 얼굴만 겨우 까닥거리고 있었다.

그는 이런 자신의 상태를 보고는, 심각한 표정을 지었다.

"……실험실은 대체 어떻게 조종한 거냐."

"나 진짜 몰라?"

"예언자 따위를 내가 어떻게 더 알지?"

스으윽.

그러자, 피티아는 검지손가락을 아래로 가리켰다.

"여긴 어디지?"

"……실험실이지."

"내가 이걸 어떻게 조종할 수 있었을까?"

"내가 그걸 어찌 알겠냐!"

"아, 진짜."

피티아는 질린 얼굴로 자리에서 일어나더니.

탁!

손가락을 튕기자, 바닥에서 뿜어져 나오던 적색의 빛이

멎으며 새로운 풍경이 드러났다.

중앙부부터, 성지한이 있는 해변가까지 생겨난 거대한 돔 형태의 공간.

벽면과 바닥에는 초점을 잃은 붉은 눈이 박혀 있고.

중앙부에는 말라 비틀어진 붉은 나무가 자리하고 있었다.

"시, 실험실을 네가 어떻게……!"

주변을 보고, 놀라 소리치는 길가메시.

성지한은 주변을 잠시 둘러보다가, 피티아 쪽을 향해 이동했다.

"피티아. 너도, 이 실험실의 관계자였나?"

"역시 당신은 힌트를 줘도 못 받아먹는 길가메시와는 다르네요."

"네, 네가 실험실의 관계자라고? 그럴 리가……!"

"하아."

푹!

피티아는 발로 길가메시의 머리를 꾹 눌렀다.

그러자, 새로 생긴 실험실 바닥으로 들어가는 그의 입.

입이 틀어막힌 그는, 그저 눈동자만 굴렸다.

성지한은 그 모습을 물끄러미 바라보더니, 입을 열었다.

"저번에 길가메시를 대하던 것과는, 180도 다른 태도군."

"저번에는 제 과거는 많이 못 보고, 미래만 볼 수 있었거든요."

"군림 성좌를 각성하면서, 기억을 되찾은 건가?"

"비슷해요."

"그전에는 내게 정보를 제공해 주더니…… 무신에 대한 충성심이라도 새로이 자각했나."

"충성이라……."

피티아는 살짝 웃으며, 실험실을 둘러보았다.

"그는 이 지옥에서 절 꺼내 주는 대가로, 충성을 요구했죠. 저는 충실히 약속을 지키고 있을 뿐이랍니다."

"실험실이…… 지옥이라고?"

"맞아요. 여기서 현 인류가 시작했다는 사실은, 아시죠?"

현 인류.

길가메시의 말마따나, 호모 사피엔스는 그 전부터 존재했을지 몰라도.

하나하나가 적색의 관리자의 일부가 된 현 인류는, 여기서부터 시작했겠지.

"그래. 길가메시가 자신의 신성한 씨를 뿌려, 후손들이 번창했다고 하더군."

"신성은 무슨."

뻥!

길가메시의 머리를 다시 발로 찬 피티아는.

입가에 비릿한 웃음을 지었다.
"그럼 하나 물어보죠. 그 후손은, 저놈이 혼자 낳나요?"
"여자가…… 필요하겠지."
"그래요. 저놈 배에서 애가 나올 건 아니잖아요?"
"그럼 설마. 네가 길가메시의 짝이었나?"
"짝이라. 참 듣기 싫은 단어네요. 그거."
피티아는 그러면서도, 중앙부의 말라 비틀어진 나무를 만졌다.
"그래도, 맞혔어요. 제가 그의 첫 번째 짝이에요. 음…… 그래. 비슷한 신화로 비교하자면, 이브쯤 되려나?"
이브.
피티아는 자신을 그리 칭하며, 헛웃음을 흘렸다.

* * *

"이브…… 설마 아담과 이브를 말하는 건가?"
성경에서 인류의 시초라 일컬어지는 아담과 이브.
낙원 에덴동산에서 살다, 이브가 뱀의 꼬드김에 빠져 선악과를 먹는 바람에 쫓겨났다지.
'그러고 보니, 여기서도 뱀이군. 그는.'
성지한은 '뱀'으로 불리는 무신에 대해 떠올리며, 피티아에게 물었다.
"여긴 그럼 낙원 에덴이고? 그러기엔 풍경이 살벌한데."

"이놈한테는 낙원이었죠."

탁!

그러면서 피티아가 손가락을 튕기자, 하나의 화면이 떠올랐다.

그 안에선, 실험실이 지금처럼 황량하지 않고.

바닥과 벽의 눈동자도 제대로 움직이고, 중앙부의 나무도 찬란하게 생명력을 발산하고 있었다.

"태초의 실험에서 홀로 살아남은 실험체, 길가메시. 그는 유일하게 씨를 뿌리는 걸 인정받았죠. 물론, 인류가 번식하는 과정이 번거로워서 처음엔 그를 그냥 복제하려고 했지만……."

지이이잉.

화면이 바뀌고.

그 안에는 수많은 길가메시가 시험관 내부에 서 있었다.

'적의 일족이 그를 복제한 건가?'

관리자의 일족이었으니, 그 정도 기술력은 있나보군.

화면 속의 길가메시는 총 500.

그 시험관 안에서, 불길이 치솟자.

단 1명만 제외하고, 모든 길가메시의 복제 인간이 불타 사라졌다.

"이렇게, 길가메시 본체를 제외하고는 모두 불타 사라졌어요."

"흥…… 당연하다! 아무리 이 몸을 복제한다 한들, 진짜를 이겨 낼 수는 없는 노릇……."

"이게 언제 또 머리를 쳐들었대?"

콰직.

길가메시가 땅속에 박혀 있던 얼굴을 굳이 꺼내자.

피티아는 다시 그의 머리를 밟아, 깊게 집어넣었다.

'진짜 길가메시한테 감정이 안 좋아 보이네.'

아무리 봐도 저 둘, 아담과 이브랑은 거리가 먼데.

성지한은 그리 생각하면서, 뒤바뀌는 화면을 보았다.

"적의 일족은 여러 가지 실험을 해 보았지만 모두 실패하고, 결국 전통적인 방식으로 돌아갈 수밖에 없었답니다."

"전통적인 방식이라면."

"이거요."

오른손가락을 동그랗게 말고, 왼손 검지로 안을 넣었다 뺐다 하는 피티아.

적나라한 제스처에, 성지한은 피식 웃었다.

"이브께서 상스럽군그래."

"아, 그냥 피티아로 불러요. 이브라고 괜히 했네. 그럼 이 인간이랑 뗄레야 뗄 수 없는 존재가 되잖아."

자기가 이브라고 해 놓고는, 또 그걸 싫어하는 피티아.

어느 장단에 맞추라는 거야.

성지한이 미간을 찌푸린 채, 그녀를 바라보고 있을 때.

"어쨌든, 그래서 말이죠. 우리 아담, 아니 길가메시께서는 이곳이 낙원이 되었어요."

지이이잉…….

또다시 바뀌는 화면.

거기엔, 나무에 등에 기댄 채 행복하게 웃고 있는 남자와.

실오라기 하나 걸치지 않은, 나신의 여인들이 수백 명 이상 그를 떠받들고 있었다.

그러다가 길가메시가 일어나서, 수백 명 중 하나를 눕히면…….

"별로 저놈이 교미하는 장면까진 보고 싶지 않은데."

"그건 동감이네요."

성지한의 요청에, 스킵되는 행위 영상.

그렇게 길가메시로서는 낙원의 모습을 보여 준 화면이 뒤바뀌고.

"그럼, 낙원의 이면이나 바로 볼까요?"

다음에 나타난 건, 수백 명의 여인들이 나란히 누워 있는 화면이었다.

[성장 촉진제 투여.]

외계의 언어지만, 성지한에겐 이해되는 그 음성이 들림과 동시에.

부풀어 오르는 여자들의 배.

그건 마치 풍선이 커지듯, 너무나도 빠르게 성장해서.

인간인 성지한에게는 기괴하고, 메스꺼운 느낌을 주었다.

그리고.

[적출.]

배가 충분히 자라자.

수백 여인들의 배가 일제히 갈리더니, 태아가 거기서 강제로 나오며 둥둥 떴다.

그 아이들이 이동하는 곳은, 거대한 시험관.

거기선, 길가메시를 태우던 불길까지는 아니었지만.

태아를 집어삼키기엔 충분한 불이 타오르고 있었다.

그 안으로 휑휑, 던져지는 아기들.

화르르륵……!

불길이 강렬히 타오르더니.

[4명 생존.]

[성공률 0.8퍼센트.]

[괜찮은 결과군.]

적의 일족이 만족스러워하는 음성이 들렸다.

"이건…… 인간 공장인가."

"맞아요. 길가메시의 낙원의 이면엔, 인류 가축 공정이 자리했죠."

"……당신도 저기 누워 있는 여자 중 하나였고?"

"저들이면 얼마나 좋았겠어요."

피티아는 강제로 배가 갈리고 아이를 빼앗긴 여자들을 보며, 진심으로 부럽다는 듯 말했다.

"아이 다섯만 낳으면 죽을 수 있는데."

"……그럼 넌?"

"전, 재수 없게도 성공률 10퍼센트였어요. 저 인간 실험체 되기 전부터 부인이라 그런가. 쓸데없이 궁합만 좋아서."

"실험체 전부터 부인이었다고?"

"저놈 납치당하기 전에 같이 살았어요. 그땐 부족 중에서 제일 허우대가 멀쩡했는데. 알고 보니 쭉정이였죠."

성지한은 고개를 끄덕였다.

길가메시도 실험실로 납치된 실험체였으니.

납치되기 전에는, 부인이 있어도 이상하지 않았겠네.

"너, 너! 설마, 도망간 여자냐…… 이름이. 그…… 분명히, 이름이 있었는데……."

피티아에게 밟힌 상태에서, 애써 머리를 쳐올리며 말문을 연 길가메시.

하나 그가 이름을 끝까지 기억하지 못하자.

"봐요. 이렇게 멍청하잖아요?"

피티아는 씩 웃으며 다시 머리를 땅바닥 아래로 짓밟았다.

"생명의 과일은 지만 먹은 게 아니라 나도 먹었는데. 왜 나만 이렇게 기억력이 좋은지."

"세계수의 열매를, 너도 섭취했나."

"네, 실적 좋다고 억지로 먹였어요. 그래서 너무 건강해졌죠."

탁. 탁.

그러며, 피티아는 손가락으로 화면의 여인들을 가리켰다.

하나같이 멍한 얼굴의 여자들은.

배가 갈리고, 아이가 불구덩이 속에 떨어지는 데도 별 반응을 보이지 않았다.

"이 친구들처럼 환각제가 통해야 하는데, 세계수의 열매 때문에 안 통했어요."

"너무 건강해졌군."

"예. 그래서 매번 배가 갈리고. 아이가 불구덩이 속에 빠져드는 걸 맨정신으로 지켜볼 수밖에 없었죠. 얼마나 낳았더라…… 1천은 넘고. 1만까지는 안 됐나? 아. 7342명이네. 성장 촉진제로 애를 이틀 만에 낳다 보니 그리됐네요."

히죽. 히죽.

그녀는 불타는 아이들을 보며 헤실거렸다.

겉으로 보기엔 단지 힘이 풀린 웃음이었지만.
성지한은 처음으로 그녀를 보면서 소름이 끼쳤다.
번들거리는 눈에는.
광기라는 표현이 부족할 정도로, 강렬한 감정이 깃들어져 있었으니까.
"……그중 10퍼센트인가."
"네. 많이들 살았죠? 물론."
피티아가 터치하자, 뒤바뀌는 화면.
거기서는, 길가메시가 시험관 옆에서, 혀를 차는 장면이 나왔다.
[하, 생존율이 왜 이렇게 낮지? 쓸모없는 것들. 밭이 문제야.]
자기 애가 타는데도, 죽음보다는 생존율에만 관심을 보이는 모습.
"우리 아담님은 그게 마음에 안 드셨는지."
또다시 바뀐 화면에선, 길가메시가 피티아에게 손가락질을 하고 있었다.
[하…… 또 너냐?]
[이 여자는 지겨운데. 왜 이렇게 실적이 좋아?]
[야. 너. 무슨 수를 쓴 거지? 좋은 건 너만 알지 말고 공유 좀 하지그래. 내 애첩들도 생명의 과일 좀 먹이게…… 몰라? 하. 그런다고 널 총애할 거 같냐?]
[아, 또 애야? 좀 치우면 안 돼? 진짜 물린다고.]

"이렇게 개소리만 하셨죠."

"……."

성지한은 가만히 이를 보다가, 한마디 했다.

"저놈. 나도 좀 밟아도 되냐?"

"정말요?"

"뭐? 우, 우린 동맹……!"

빵!

성지한이 허공에서 발길질을 하자.

길가메시의 머리가 또다시 터져 나갔다.

공간을 격하고, 폭발하는 길가메시의 두개골은.

피티아가 밟았을 때에 비해, 재생이 느렸다.

"다른 사람이 밟아 주니, 기분이 좀 풀리네요."

짝짝.

그 모습을 보고, 기쁜 듯 박수를 치던 피티아는.

"그럼, 이제 본론으로 들어가 볼까요?"

스스스스…….

온몸에서 강렬한 냉기를 발산하기 시작했다.

"본론이라…… 뭘 이야기하려 그러지?"

스스스스…….

성지한은 피티아가 힘을 끌어올리는 걸 보며, 자신도 이에 발맞추었다.

갈라지는 얼굴과, 불타기 시작하는 오른팔.

공허와 적의 힘이 강화되며, 그는 전투태세를 갖추고

있었다.

"역시, 당신은 강하네요."

번쩍!

성지한이 힘을 끌어 올리는 걸 보면서, 신안을 발동하는 피티아.

그녀는 발밑의 길가메시를 다시 한번 짓밟으면서, 말을 이었다.

"이놈이랑은 비교가 안 돼요."

"비교하는 거 자체가 실례군."

"그러네요. 미안해요. 대신 재밌는 사실 알려 줄까요?"

"……뭐지?"

"적의 일족이 왜 이런 번식을 자행했는지 아시나요?"

적의 일족이 길가메시를 통해서, 신인류를 번성시킨 이유.

성지한은 이에 대해 잘 알고 있었다.

"적색의 관리자를 인류에게 스며들게 하기 위해서, 아니었나?"

"아니. 어떻게 알았어요? 제가 말할 거였는데!"

"나에겐, 이것이 있으니까."

성지한이 오른팔을 가리키자, 아 하면서 피티아는 고개를 끄덕였다.

적색의 관리자의 손.

저게 있다면, 인류 탄생과 관련된 진실에 대해서도 알

수 있겠지.
[내가 알아내기 전에, 이그드라실에게 먼저 귀띔받은 거 아니었음?]
'대충 넘어가.'
[알겠음.]
성지한의 대답에 즉답하는 적색의 손.
그럴 거면 물어보지나 말지.
성지한이 그리 생각하고 있을 때, 피티아가 말문을 이었다.
"그럼 이야기하기 편하겠네요. 인류가 적색의 관리자의 숙주라면…… 결국, 관리자가 될 사람은 누굴까요?"
"글쎄다."
"아무래도 길가메시가 가장 최우선 순위겠죠. 아무리 그가 무능하고, 욕심만 많다 할지라도…… 그가 가장 많은 씨앗을 뿌렸으니까요."
"이놈이?"
성지한이 손가락으로 아래로 가리키자.
휙!
고개를 다시 번쩍 든 길가메시는, 망가진 얼굴로 미소를 지었다.
"하, 하하! 설마 인류가…… 적색의 관리자였나? 미친 놈들…… 그런 짓거리를 한 줄은 몰랐군!"
적의 일족이 왜 자신에게만 씨를 뿌리라고 했는지, 이

제까지도 정확한 이유에 대해선 몰랐는데.

적색의 관리자를 인류 종족 내에 숨기려고 했던 건가.

"그래도…… 맞아! 이 여자가 맞는 말도 하는군. 인류가 적색의 관리자가 된다면, 당연히 내가 관리자의 중추에 자리하겠지!"

현 인류는 길가메시의 후손.

길가메시는 피티아에게 제압당한 와중에도, 이 사실을 확신하는지 기뻐하고 있었다.

콰직.

그리고 그런 길가메시를, 피티아는 혐오스런 시선으로 짓밟았다.

"읍……!"

"하…… 맞아요. 저는 이 인간이 적색의 관리자가 되는 걸 도저히 용납할 수가 없어요. 그래서, 판을 깨 버리려구요."

번뜩.

판을 깬다는 이야기에, 성지한의 오른손에 박혀 있던 붉은 눈이 빛을 반짝였다.

그리고, 거기서 음성이 흘러나왔다.

[아님.]

"……지금, 손이 말 한 건가요?"

[맞음. 내가 말함. 아까 네 말은 틀렸음. 적색의 관리자는 본체가 될 거임.]

"본체? 본체라면…… 설마 성지한 님이?"
[그러함. 종마는 용도를 다했음.]
"그걸 어떻게 믿죠?"
[생식기가 몸의 주인이 될 수는 없음.]
"뭐, 뭣! 내가 생식기라고!?"
길가메시는 발끈해서 머리를 들었지만.
[씨 뿌리는 기관이 생식기 아니면 뭐임? 거기에 인류의 번성으로 네 쓸모는 끝남. 애도 안 생기지 않음?]
관리자의 손의 말에, 흠칫하는 기색이 되었다.
"그, 그건 그렇지만. 여기서만 자식을 가졌으니까. 실험실을 복구하면 다시 애도 생길 거다……!"
[그렇지 않음. 님 고자임.]
"아니야!!"
관리자의 손이 그리 말하자, 그 어느 때보다 발광하는 길가메시.
'……고자 소리가 피티아에게 제압당한 거보다, 그리 충격적이었나.'
콰직! 콰직!
"아, 좀 들어가. 진짜."
미친 듯이 머리를 쳐드는 길가메시를, 피티아가 계속 짓밟았지만.
이번엔 반항이 좀 심했다.
"난, 난 성불구자가 아니라고!! 잘 선다! 다만 애가 안 생길 뿐……! 그래. 여기, 실험실에서는 다시 가능할 것이다! 혈족을, 내 후손을 가질 수 있어!"

[불가능.]

"이, 이익……! 그럼, 내가 관리자가 된다면. 그럼 가능한가?"

[생식기가 뇌가 될 순 없음.]

"그런가? 남자들은 거기에 뇌를 의탁하던데."

[성차별적 발언.]

"아, 미안해요. 길가메시 때문에 하도 데여서."

피티아는 고개를 꾸벅 숙였다.

조금 전의 미소와는 달리, 싱글벙글한 표정의 그녀.

길가메시가 성불구자가 되었다고 하니 진심으로 즐거운 것 같았다.

"그래…… 성지한 님이, 적색의 관리자가 된다면 그건 나쁘지 않네요. 제 후손일지도 모르니까."

"길가메시도 아버지 소리 하더니, 너도 어머니라고 불리고 싶은 건가?"

"윽, 됐어요. 이 인간처럼 말하고 싶진 않으니. 그리고……."

번쩍……!

피티아의 이마에서 새하얀 빛무리가 반짝이더니.

"당신이 내 아들이면, 죽일 수가 없잖아요?"

빛의 눈, 신안이 생성되었다.

그와 동시에.

아까부터 뿌려져 있던 냉기 속에서, 얼음의 검이 하나 둘씩 나타나기 시작했다.

* * *

“빙천검우에, 신안이라…… 결국 싸우겠다는 거군.”

“무신께는 구원받은 은혜가 있어서요.”

성지한은 고개를 끄덕였다.

무신의 속셈이 어쨌건.

7342명의 아이를 낳게 하는 지옥에서, 구해 줬으면 은혜라 할 만하지.

‘길가메시도 제압한 그녀니, 전력을 다해야겠다.’

성지한은 그리 생각하며, 스타 버프를 받기 위해 배틀 튜브를 켰다.

—오, 드디어 챌린저 게임 시작인가?

—음…… 이번에도 게임 맵 아닌 거 같은데;

—사방에 붉은 눈깔 뭐임 ㅋㅋㅋㅋ

—와…… 저 여자 이쁘다.

—근데 성깔은 있는 듯. 아저씨 짓밟고 있는데?

—아 인게임이 아니면 이제 불안해…… ㅡㅡ;;

방송에 들어오자마자, 심상치 않은 분위기를 느끼고는 이번엔 또 무슨 일인지 걱정하는 사람들.

한편, 피티아는 허공을 보며 싱긋 웃었다.

"방송 켰군요. 저도 알람 왔어요."

"버프받아야 하거든. 아담을 짓밟은 이브를 상대하려면, 최선을 다해야지."

—잉? 아담과 이브…… ㄹㅇ……?

—중년 아재에 비하면 이브가 아깝네.

—아니 그래도 짓밟는 건 좀 아니지 않음? 아저씨 얼굴 완전 개 망가졌는데…….

—근데 그럼 여긴 에덴동산임? ㅋㅋㅋㅋ

—눈알만 가득한데 무슨 ㅡㅡ 신성모독이에요 그거.

성지한이 던진 떡밥에, 즉각적으로 폭발하는 시청자 반응.

성경 속 인류의 시초, 아담과 이브가 거론되니 종교를 믿건 안 믿건 채팅창은 불타오르고 있었다.

한편.

"아, 이브라고 하지 말라니까! 이 인간이랑 엮이고 싶지 않거든요?"

슉!

피티아가 손을 뻗자, 빙검이 일제히 성지한을 향해 뻗

어 왔다.

이건 전투의 초기, 상대를 탐색하기 위한 가벼운 공격으로 보였지만.

'강하군.'

군림 성좌의 힘까지 지녀서 그런가.

확실히 검이 지닌 기세가 심상치 않았다.

태극의 망혼과 싸우기 전의 수준이었다면, 이런 공격에도 쉽게 대처하기가 힘들었겠지.

하나.

"야, 불."

[알겠음. 본체.]

화르르륵!

성지한의 오른팔이 타오르며, 홍염을 피워 올렸다.

적색의 팔을 이식하며, 한층 더 강렬해진 적의 권능은.

얼음검 따위는 대번에 수증기로 만들어 버릴 힘을 지니고 있었다.

피시시시…….

불의 벽을 뚫지 못하고, 사라지는 빙검氷劍.

피티아는 그걸 보고 고개를 끄덕였다.

"손이 당신 말 잘 듣네요."

"아직은 그렇더군."

"이러면 불의 권능에 있어선, 완전히 절 압도하는 셈인데……."

화르륵!

피티아는 한 손에 백색의 불꽃을 잠시 피워 올리다, 다시 껐다.

"그건 소피아에게 줬다 뺏은 성화인가."

"예. 쓸 일이 생겨서 회수했는데, 당신한테는 씨알도 먹히지 않겠네요."

"시험해 보지 그러나?"

"뻔한 결과를 굳이 테스트할 필요는 없죠. 아. 이럼 어쩐다…… 상성이 너무 안 좋네. 불의 권능은 내가 밀리고. 냉기도 적색의 권능을 뚫을 순 없으니."

단 한 번의 탐색 공격으로, 성지한과 자신의 차이를 완벽히 분석한 피티아.

그녀가 지닌 힘도 강력했지만, 적의 권능에는 완벽한 천적 관계였다.

"어쩔 수 없네요. 성좌지만, 시설의 힘을 빌리는 수밖에."

짝!

피티아가 손뼉을 치자.

실험실 내부, 초점을 잃었던 붉은 눈에서 생기가 감돌더니.

지이이이잉……!

눈에서 일제히 붉은 레이저를 발사하기 시작했다.

닿으면, 그대로 소멸할 것 같은 눈의 빔 공격.

물론 성지한의 주변 공간은, 완전히 그의 것으로 장악

되어 레이저가 쏘아져 오다가 중간에 멈췄지만.

이거, 무혼의 공간 장악도 이겨 내려 드는군.'

지지지직…….

붉은 레이저는 완전히 멈추질 않고.

서서히 성지한의 공간을 향해 뻗어 오고 있었다.

그와 동시에.

슈슈슉!

성지한을 향해 쇄도하는 빙검.

조금 전, 가벼운 견제로 시작했던 검과는 달리, 이번엔 전력을 다하고 있었다.

"이건 어때요. 좀 막기 힘들겠죠?"

눈이 발사하는 레이저와, 얼음검.

둘은 서로 섞이지 않은 채, 체계적으로 성지한을 압박해 나갔다.

아무리 성지한에게 힘의 상성이 안 좋다고 해도, 이 정도의 공격이면…….

'공허까지 끌어올려야겠군.'

스스스…….

성지한의 금 간 얼굴에, 보랏빛의 운무가 피어오르려 할 때.

반짝!

적색의 손이 그에게 황급히 말했다.

[본체! 그거까지 쓸 필요 없음. 이 공간, 반 정도 장악함.]

"……언제 했냐?"

[적색의 권능은 모두 본체의 것. 일족의 실험실 따위, 명을 거스를 수 없음.]

"그래? 그럼 저 레이저도 조종할 수 있냐?"

[물론.]

지이이잉.

그의 말이 끝나기가 무섭게, 방향을 트는 붉은 눈의 레이저 빔.

성지한을 꿰뚫으려던 붉은빛은 얼음검을 모조리 소멸시키곤, 피티아를 향해 뻗어 갔다.

그녀는 이를 한 끗 차이로 피해 가며, 천천히 입을 열었다.

"……실험실의 외부자가, 이곳을 순식간에 장악하다니. 진짜 당신, 적색의 관리자가 될지도 모르겠네요."

"그거야 두고 봐야지."

그러면서 역으로 피티아를 압박해 나가는 성지한.

실험실의 붉은 눈은 급속도로 그의 말을 따르기 시작하며, 레이저를 피티아에게 발사했다.

번뜩!

신안이 번쩍이며, 이 모든 공격을 한 끗 차이로 피하고 있었지만.

"이것 참…… 벌써, 이길 가능성이 사라졌네요. 성좌 체면 구겼네!"

그녀는 신안을 매만지며, 벌써 승리가 불가능하다는 걸 예견했다.

한편.

"저 붉은 레이저 괜찮네. 마음에 들어."

[본체. 나도 저거 가능함. 아니 더 셈. 저건 적색의 권능, 적멸의 하위 버전임.]

"적멸? 진작 말하지 그랬냐."

[안 물어봤잖음.]

"쯧. 물어보지 않아도 좋은 건 재깍재깍 알아서 바쳐야지."

[……알겠음.]

"한번 써 보자."

화르르륵……!

성지한의 명에 불타오르는 손.

붉은 눈이 번뜩이고, 스탯 적의 힘이 한데 모이자.

적색권능赤色權能

적멸赤滅

붉은빛이 실험실 전방을 가득 메웠다.

그러자, 금방 활활 타오르는 세상.

불은 그렇게 모든 것을 집어삼키더니, 자신마저도 소멸하며 사라졌다.

-……이건 다른 눈깔들 레이저 수준이 아닌데?

-와, 아예 뻥 뚫렸네 앞이 ㄷㄷ

-이게…… 관리자의 손?

모든 걸 불태우며, 초토화시키는 적멸.

이 정도 위력이면, 태극마검 다음은 될 것 같았다.

물론.

[스탯 적이 3 감소합니다.]

적멸의 대가로 스탯이 소모되긴 했지만.

'나중에 강적에게 쓰기 좋겠어.'

성지한은 적멸의 압도적인 힘에 만족하며, 앞을 바라보았다.

피티아와 길가메시.

그리고 나무까지 완전히 사라진, 전방.

이거, 너무 셌나?

"아담과 이브, 모두 이렇게 죽어 버렸나……."

성지한이 그리 말할 때.

"안 죽었거든요?"

슈우우우……!

허공에서 얼음이 맺히더니.

얼굴이 살짝 그을린 피티아와.

"으, 으……."

몸이 새카맣게 타 버린 길가메시가 모습을 드러냈다.

어깨 모습을 보아하니, 길가메시가 방패가 되었나 보군.

"그리고 이브 소리 그만하라고 몇 번을 말해요?"

"그래, 피티아. 그걸 잘도 피했군."

"신안 아니었으면 꼼짝없이 죽을 뻔했죠."

성지한은 피티아의 이마에 있는 빛의 눈을 바라보았다.

신안.

누나의 것은 성능이 떨어져서 별로 쓸모없어 보이더니, 피티아는 잘 써먹네.

"역시, 당신은 못 이기겠네요…… 아무리 신안을 발동해도, 이길 길이 보이지 않아요."

"그럼 얌전히 죽을 텐가?"

"아, 저 정말 죽일 거예요? 불쌍하지도 않아요?"

"불쌍이라. 인간적인 연민은 느낀다만…… 그렇다고 네가 인류를 멸망시키게 둘 수도 없지."

성지한의 말에, 피티아는 피식 웃었다.

"그럴 줄 알았어요. 오히려 살려 준다고 했으면 실망했겠죠. 공과 사를 구분 못 한다고."

"그래? 그럼 죽자."

성지한이 그렇게 검을 빼 들었을 때.

피티아가 의미심장한 미소를 지었다.

"근데요…… 제가 왜 잊고 싶은 과거사까지 밝히며 이렇게 시간을 끌었을까요?"

"……."

"다, 이것 때문이에요."

파지지직!

피티아의 뒤편에서, 공간이 찢기더니.

거대한 손이 튀어나왔다.

"투성으로 가시죠. 무신께서 기다린답니다."

5장

5장

사람 수십은 잡혀 들어갈 것 같은, 거대한 크기의 검은 손.

성지한은 이를 예전에 본 적이 있었다.

‘동방삭이 구궁팔괘도를 개진하려고 할 때, 저걸로 터뜨렸었지.’

하나 그때는 게임 속이었고. 지금은 엄연히 현실.

현실 세계에서, 그가 직접 개입해 온단 말인가.

그것도.

“성좌 후보자를, 무신이 직접 건든다고? 페널티가 두렵지 않은가 보군.”

“그럴 리가요. 지금껏, 그 페널티 때문에 마음대로 움직이지 못하셨죠. 하지만…….”

피티아의 시선이, 성지한의 오른팔을 향했다.

“당신이 적색의 관리자의 손을 이식한 순간부터, 상황은 달라졌죠.”

“이거?”

“네, 이제 당신만 확보하여 팔을 흡수하면 주인님이 목표하신 바를 이룰 수 있거든요. 페널티 정도는 감수해도 된다는 이야기죠.”

피티아는 그러면서, 몸을 옆으로 피했다.

그러자 매서운 기세로 뻗어 오는 검은 손.

그 안에 담긴 힘이 상당하여.

[이런…… 망함. 적멸 또 쓰기엔 예열 시간이 필요함. 이럴 줄 알았으면 힘 적당히 쓸 걸 그랬음.]

관리자의 팔은 당혹스러운 듯 그리 말했지만, 정작 성지한의 표정은 태연했다.

“괜찮아. 대처 수단은 또 있거든.”

스스스…….

그의 등 뒤로 태극이 떠오르고.

갈라진 얼굴에서, 공허의 기운이 증폭되었다.

순식간에 공허로 물드는, 왼손의 암검.

성지한은 그것을 태극의 안에 넣었다.

“……설마 태극마검을 쓰려구요? 그렇게 여유는 없을 텐데요?”

“내가 근래 힘이 좀 세져서 말이지.”

스으으…….

턱부터 시작하던, 얼굴의 균열이 조금 더 커지고.
강렬한 공허의 기운이 성지한의 몸을 잠식했다.
그와 동시에, 태극에서 빠져나오는 암검 이클립스.
마검으로 변환한 암검은, 예전처럼 작은 크기가 아니라.
들어갔던 크기 그대로, 장검의 형상을 하고 있었다.
"아니, 어떻게 벌써……."
무신의 손이 닿기도 전에, 완성된 태극마검의 2단계.
피티아는 믿기지 않는다는 듯, 눈만 깜빡였다.
이 정도 속도는, 동방삭처럼 숙달되어야만 가능하지 않나?
'그냥 흉내만 낸 건가?'
너무 빠른 마검의 발출에, 피티아는 그리 생각했지만.
마검은 가볍게 움직이며, 무신의 손을 갈라 버렸다.
세상을 짓누를 기세를 지닌 어둠의 손을.
너무나도 손쉽게, 찢어 버린 것이다.
"……아니, 진짜 벴어?"
"무신도 아니고 손 하나 가지고 뭘 그러나."
치이이익……!
검의 궤적은 더 나아가, 허공에 균열을 만들고.
그 틈새로, 무신의 손 전체를 빨아들였다.
소환되자마자, 붕괴하여 사라진 무신의 손.

-기세등등하게 등장하더니 1분 컷이네 ㅋㅋㅋㅋ
-무신, 이름은 세 보이는 데 별거 없는데?
-이럼 그냥 팔 따라가서 본체까지 때려잡아도 됐던 거 아님?
-ㄹㅇ 될 거 같은데, 성지한 님 요즘 강해진 거 보면…….
-관리자 손도 얻었는데 무신 따위야 쉽지 않겠음?

무신의 손을 한 번에 붕괴시킨 성지한을 보면서, 인류 시청자들이 무신도 별거 아니겠다고 생각하고 있을 무렵.

-아까 적색 빛줄기, 적멸이지?
-ㅇㅇ 맞음 적색의 관리자가 주 공격 수단으로 사용했던 거.
-관리자의 손을 얻으면, 적멸도 쓸 수 있는 거였어? 엄청난 가치를 지녔군.

외계의 시청자들은, 성지한이 아까 사용했던 적멸에만 관심을 보이고 있었다.
적색의 관리자가, 주 공격 수단으로 사용했던 적멸.
눈동자에서 뻗어 나오는 붉은 빛줄기는, 압도적인 파괴력을 보여서 적멸은 적색의 관리자의 트레이드 마크나 다름없었는데.

그걸 손 하나 얻었다고, 바로 사용하다니…….

-대성좌들이 인류가 머무는 행성 위치를 알아보고 있다던데, 이걸 보면 더 혈안이 되겠네.
-그래도 대성좌급 아니면, 성지한 못 이길걸?
-맞어. 성좌급이 어설프게 덤볐다간 적멸에 휩쓸릴 거다.
-저 여자도 나름 군림 레벨 8인데, 제대로 반항도 못했음.
-그냥 관리자 손 가질 생각은 하지 말고, 저 행성 위치나 찾아 봐야겠다…… 대성좌한테 위치 정보만 팔아도 GP 좀 벌 듯.

오늘 영상을 보고 대성좌들이 관리자의 손을 본격적으로 노릴 거라고 예상하는 외계의 시청자들.
그만큼 적멸의 등장이 주는 파장은 만만치 않았다.
'흠…… 붉은 눈 레이저가 이렇게 관심을 끌 줄이야.'
적멸이 세긴 해도, 태극마검보단 못한 거 같은데.
대성좌가 지구로 쳐들어오면 안 되니, 이를 컨트롤할 방안도 필요하겠어.
성지한은 그렇게 외계의 시청자들이 하는 채팅을 잠깐 지켜보다가, 시선을 돌렸다.
거기엔, 숯덩이가 된 길가메시를 방패로 삼고 있는 피

티아가 서 있었다.

"당신 진짜…… 뭐야? 왜 이렇게 세졌어요?"

"글쎄. 어쨌든, 투성엔 못 가겠군그래."

그러면서 검 끝을 피티아에게 겨누는 성지한.

피티아는 그걸 보면서 미간을 찌푸렸다.

"……태극마검도 꺼낼 정도면, 그냥 아까 갔어도 되는 거 아니에요?"

"가도 내가 찾아가야지. 끌려가서야 되겠나."

"거참 철저하셔……."

"너까지 제거해야, 철저하다고 할 수 있겠지."

휙!

성지한은 그말이 끝나기가 무섭게, 피티아에게 돌진했다.

적멸로는 제거하지 못했지만, 태극마검으로 직접 베면 죽일 수 있겠지.

하지만.

"벌써 죽기엔 좀 억울해서요."

휙!

그녀는 길가메시를 데리곤, 무신의 손이 튀어나온 균열로 몸을 던졌다.

스스스…….

그러자 순식간에 닫히는 공간의 틈새.

"그래도 정 죽이고 싶으면, 이리로 오셔요~"

균열 속의 피티아는 히죽 웃으면서, 성지한에게 손짓했다.
날 죽이고 싶으면 같이 여기로 들어오라 이거지.
“허.”
성지한은 혀를 차며, 균열을 향해 태극마검을 던졌지만.
검이 닿는 것보다, 균열이 사라지는 것이 더 빨랐다.

—이브 쨌네…… ——
—저런 애 살려 두면 끝까지 골치 아파지던데.
—그렇다고 저 균열 안으로 들어갈 수도 없었잖아.
—근데 이브면 인류의 어머니 아님?? 왜 이렇게 못 죽여서 안달이야.
—이브 아니래잖아 자기 입으로 ㅋㅋㅋㅋ

피티아가 성공적으로 도주한 걸 보고는, 후환이 될 상대를 못 잡았다고 아쉬워하는 시청자들.
성지한은 미간을 찌푸리면서, 피티아가 사라진 자리를 바라보았다.
‘신안 때문인가. 그녀의 대응이 일반적인 상대보다 반 박자 빨랐어.’
무신의 네 종 중, 동방삭과 아소카는 다른 생각이 있어 보였으며.
길가메시는 도움은 되지 않지만, 어쨌든 사기 계약 때

문에 무신에겐 강렬한 적의를 보였다.

이러면 그에게 충성스러운 종은, 피티아 단 하나였으니.

이번에 꼭 그녀를 제거해야 했는데, 아깝군.

"오늘 방송은 여기까지 하겠습니다."

성지한은 힘을 거둬들이곤, 배틀튜브를 껐다.

호주의 북쪽 섬까지 원정을 온 거치고는, 뭔가 아쉽군.

그가 그리 생각하며, 주변을 둘러보고 있을 때.

관리자의 손이 그에게 제안했다.

[본체. 이곳 실험실, 확실히 장악하는 게 어떰?]

"여기서 건질 거 있냐?"

[있어 보임.]

"그래? 그럼 뭐라도 챙기자."

피티아를 못 잡았으니, 이런 거라도 건져 가야지.

성지한의 허락이 떨어지자, 붉은 눈에서 빛이 반짝이기 시작했다.

* * *

무신의 별, 투성.

"죄송합니다, 주인님. 명을 이행하지 못했습니다."

황급히 도주했던 피티아는, 무신의 앞에서 무릎을 꿇고 있었다.

[아니다. 성지한의 강함이 상정 외였을 뿐. 너는 임무를 잘 수행했다.]

"관대한 말씀, 감사합니다."

비록 성지한을 투성으로 끌고 오라는 임무는 실패했지만.

피티아로선 할 일을 다 했다.

투성과 연결되는 균열을 만들어, 무신의 손까지 나오게 상황을 만들었으니까.

여기서 성지한이 안 끌려온 건, 전적으로 무신의 손이 태극마검에 의해 제압당해서 그런 거지.

그녀가 책임질 일은 없었다.

스스스…….

무신은 지구에서 붕괴되었던 팔을, 다시 재생하며.

왕좌의 아래에서 예의 바르게 서 있는 동방삭을 바라보았다.

[동방삭. 그가 어떻게 태극마검을 저리 잘 다룰 수 있는 거지?]

"……저도 모르겠습니다. 다만, 그의 검은 제 것과는 사뭇 달랐습니다. 검에 공허를 품고 있는 걸로 보아, 저와는 조금 다른 방식으로 마검을 구현한 것 같습니다."

[파훼법을 알아내도록.]

"알겠습니다."

동방삭이 깊게 고개를 숙이자.

무신의 시선은, 피티아의 옆 바닥에 널브러져 있는 길가메시를 향했다.

[자신이 미끼임을 알아 버린 기분이 어떠한가, 길가메시.]

"네, 네놈……! 나와의 계약을 지키지 않을 셈인가?!"

[계약이라…… 그것이 의미 없다는 걸, 아직도 느끼지 못했나?]

"크윽……."

길가메시는 이를 악물더니, 무신을 향해 질문했다.

"그럼, 실험실에선 후손을 볼 수 있다는 이야기도…… 거짓이었냐?"

[그딴 게, 중요한가?]

"……나한텐 중요하다."

[관리자의 손이 말한 것이 맞다.]

"마, 말도 안 돼!! 거짓말이지?"

[이런 사소한 것까지 거짓말을 하지는 않는다.]

"아니야…… 아니라고……."

무신이 그렇게 쐐기를 박자.

길가메시는 혼란스러운 눈으로 중얼중얼 혼잣말을 했다.

'이 인간은 그렇게 씨 뿌릴 땐 언제고, 이제 와서 또 후손 타령이야.'

피티아가 그런 길가메시를 혐오스러운 눈으로 쳐다보고 있을 때.

무신이 손짓을 했다.

[동방삭, 저걸 치워라.]

"죽이면 되겠습니까?"

[아니. 살려는 둬라. 추후 쓸데가 있다.]

"알겠습니다."

스윽.

동방삭이 발걸음을 한 번 떼자.

길가메시의 몸이 허공에 둥둥 뜬 채, 순식간에 연행이 되었다.

후사를 볼 수 없다는 이야기가 충격적이었는지, 별 반항도 하지 않고 순순히 끌려가는 길가메시.

무신은 둘이 사라지는 걸 잠시 지켜보다가.

번쩍……!

어둠으로 물든 얼굴에서, 신안을 발동했다.

[피티아, 너도 신안을 발동해라. 예지를 해야겠다.]

"알겠습니다."

무신의 명에 따라, 이마 위의 신안을 발동한 피티아.

지이이잉…….

두 빛의 눈은 서로 빛을 맞추더니.

둘 사이에서, 더 커다란 백색의 구체를 만들어 내었다.

[성지한은, 나의 대업을 가로막을 변수가 되는가.]

번쩍! 번쩍!

무신의 말에, 대답하듯 반짝이던 백색 구체는.

예지를 시작했다.

지이이잉…….

수많은 화면이, 떠올랐다 사라지고.

피티아는 무신과 함께 이를 보면서, 심각한 표정을 지었다.

"……변수가 되는군요. 확실히."

관리자의 손을 이식하고, 얼굴에 공허 처리장을 합치며 몰라볼 정도로 강해진 성지한.

신안의 예지에서는, 그가 승리할 가능성을 5%까지 측정했다.

제3자가 보기에는 겨우 5%라고 할 수도 있겠지만.

'……무신께선 0.1%의 변수도 용납하지 않으신다. 그리고 그런 결과가 나온 적도, 단 한 번도 없었어. 그런데 5%라니…… 성지한, 성장해도 너무 성장했어.'

피티아가 보기에는, 충격적인 결과였다.

[……질문을 바꾸지.]

스으으으…….

무신의 두 눈이, 하늘을 향했다.

투성의 상공에는, 별처럼 반짝이는 성좌의 무구가 셀 수 없이 많았다.

그의 손이 그것들을 가리켰다.

[무구의 힘을, 30% 사용해도 변수가 되는가.]

번쩍…….

그러자, 아까 보단 확실히 약해지는 백색 구체의 빛.

화면의 등장 빈도도 훨씬 줄었다.

하나.

'있긴 있네…….'

성좌의 무구를 썼음에도, 성지한이 이기는 장면이 있었다.

그걸 본 무신의 눈이 붉게 타올랐다.

[50%…….]

50%에도.

[70%…….]

70%에도.

백색 구체에선, 미약하게나마 빛을 반짝였다.

성지한이 이기는 미래가, 그럼에도 존재하다니.

무신의 목소리가 깊게 가라앉았다.

[……모든 힘을 사용해도, 그리되는가.]

그리고, 마지막 경우를 상정하자.

번뜩…….

백색 구체는, 단 하나의 화면만을 내보였다.

"이것마저도 있다니……!"

[…….]

피티아는 떨리는 눈으로, 신안의 예지가 드러낸 장면을 바라보았다.

초토화된 투성과, 홀로 서 있는 거대한 거인.

붉은 눈이 가득 몸에 박혀 있는 그는, 적의 일족과 흡사하게 생긴 형상이었다.

"주, 주인님. 한데 이건, 성지한의 모습이 아닌 것 같습니다만……."

[……아니, 그가 맞다. 적색의 관리자가 되었군.]

성지한이 승리하고, 무신이 패배하는 미래.

그건, 그가 적색의 관리자로 변했을 때가 유일했다.

"그럼…… 이러한 미래는, 가능성이 없지 않을까요?"

피티아는 그걸 보고, 표정이 밝아졌지만.

[아니, 확정적인 미래겠지.]

"……네?"

[관리자의 손이 그에게 들어가 있고. 그는 인류를 언제든지 불태울 수 있다.]

"……하지만, 그가. 인류를 태울 사람 같지는 않은데……."

피티아가 그러며 말꼬리를 흐리자.

무신의 붉은 눈이 그녀를 내려다보았다.

[길가메시와 조금 같이 다녔다고, 우둔해졌느냐?]

"아, 아닙니다……!"

[세상에 그 누가, 적색의 관리자가 될 길을 포기하겠는가?]

무신은 확신했다.

[단지 행성 하나만 불태우고, 인류를 소각하면 될 것을.]

성지한은, '쉬운 길'을 갈 거라고.

* * *

"……주인님의 말씀이 맞습니다."

피티아는 무신의 확신에, 천천히 고개를 끄덕였다.

'지금이야 그가 인류를 모두 불사를 인물로 보이진 않지만…….'

그렇다고 성지한이 성인군자도 아니었으니.

상황이 변하면, 인류를 성화로 불태울 수도 있겠지.

거기에.

'적색의 손이 그에게 이식되었으니, 관리자가 되자고 계속 설득할 거야.'

성지한의 오른팔도, 무신의 확신에 무게를 더해 주었다.

지금이야 손이 그의 정신을 잠식하는 것 같진 않았지만, 서서히 그에게 영향을 끼치겠지.

무신의 말대로, 성지한이 결국엔 적색의 관리자가 될 거라고 예상하고 대처하는 게 맞아 보였다.

"그럼, 어떻게 대처하는 게 좋겠습니까?"

[인류가 중급 단계로 올라서는 걸 막고, 인류를 우리가 먼저 소각하면 된다.]

피티아의 물음에, 무신이 생각해 둔 바를 답했다.

"먼저 소각을…… 한단 말입니까?"

[그래. 그래야 성지한이 성화를 통해 얻을 연료도 줄어들 테니까. 다만, 이번 일의 실패로 운신의 폭이 좁아진 것이 문제다.]

성지한만 잡으면 끝이라고 생각하고, 원래는 건드리지 말아야 할 성좌 후보자를 건드려 버렸으니.

흑백의 관리자가 투성을 조사하고 있는 상황에서, 이는 크게 문제가 될 만했다.

배틀넷 차원에서 어떤 페널티가 내려올까, 무신은 걱정했지만.

지이이잉…….

허공에 메시지창이 뜨자, 그가 붉은 눈을 번뜩였다.

[투성의 구성원 전체가 겨우…… 1달 근신인가?]

“1달이면…… 아쉽기는 하지만, 걱정한 것보다 처벌 수위가 미약한 것 같습니다.”

[맞다. 이 정도면 예상보다 훨씬 관대한 처분이다.]

“아무래도 아까 성지한에게 제가 형편없이 밀려 버려서 그런 것 아닐까요?”

군림 성좌 LV.8인 거치고는.

성지한에게 제대로 한 방 먹인 건 없었지.

오히려 적멸에 겨우 도망치고, 소환된 무신의 팔도 태극마검에 잘리는 등.

밀리는 모습만 보였다.

시스템의 보호를 받기엔, 너무나도 강력한 성좌 후보자.

이런 점이 감안되어서, 페널티도 적은 것 아닐까.

피티아는 그리 예상했지만.

[흑백의 관리자가 이쪽을 확실히 처벌할 생각이었다면, 그런 사정을 고려하진 않았을 것이다. 페널티를 줄 명분을 잡았으니, 확실히 이 권한을 사용했을 터.]

"그럼 저들이 왜……."

[흑백의 관리자에게, 또 다른 꿍꿍이가 있나 보군.]

무신의 눈빛이 깊게 가라앉았다.

* * *

적색의 실험실.

관리자의 손은 이 장소를 장악해 나가면서, 성지한에게 물어보았다.

[본체. 본체도 길가메시처럼 씨앗 뿌릴 생각 있음?]

"……갑자기 왜."

[스탯을 조금 소모하면 그때의 시설을 복원할 수 있음.]

그때의 시설이라면, 인간 가축 공장 말하는 건가.

성지한은 미간을 찌푸리곤, 손을 흔들었다.

"그딴 거 필요 없어. 공짜라도 안 받을 판인데, 그걸 복구하는 데 스탯까지 쓰고 싶진 않네."

[그럼 그냥 실험실 모두 녹여서 흡수하면 됨?]

"그렇게 하자."

화르르륵……!

실험실이 순식간에 외곽부터 불타오르기 시작하고.

그 불은 붉은 눈을 포함한 모든 것을 잿더미로 만든 후, 다시 오른손에 흡수되었다.

그러자 성지한의 눈앞에.

[스탯 적이 50 오릅니다.]

능력치가 대폭 상승했다는 메시지가 떠올랐다.

"50이라…… 괜찮네."

[아까 적멸로 반을 날린 게 아쉬움.]

"안 날렸으면 100인가."

[거기에 적멸에 휩쓸린 나무…… 세계수와 연관이 있었음.]

성지한은 그 말에 피티아가 매만지던 붉은 나무를 떠올렸다.

전성기 때에는, 꽤 강력한 생명력을 발산하던 나무는.

세계수급은 아니더라도, 하위 호환 정도는 되어 보였다.

[그거 복구해서, 나무에 성화를 지폈으면 여기 남쪽의 커다란 섬 태울 수 있었을지도.]

"남쪽의 커다란 섬이라면…… 설마 호주 대륙을 말하는 거냐?"

[맞음 그 이름. 본체가 인류에게 힘을 회수하는 데 있어서, 그 정도면 첫 단추로 적당하지 않음?]

성지한은 어처구니가 없었다.
세계수의 하위 호환에 성화를 지핀다고 그 거대한 호주 땅이 타 버리는 것도 황당한데.
이게 첫 단추라고?
"그럴 생각 없다."
[? 이 힘 회수 안 할 거임? 아…… 혹시 인류 진화 후에 할 생각임? 역시 본체. 생각이 깊음.]
아니, 생각이 많은 건 너 같은데.
[맞음. 본체의 목표는 상시 관리자. 아직은 현 인류를 모두 집어삼킨다고 해도 거기까지 갈지 미지수임. 보다 확실히 하기 위해선, 진화 후 집어삼키는 게 맞는 순서…… 역시 본체는 다 꿰뚫어 보고 있음!]
현 인류가 지금보다 더 발전해야, 성화로 불태웠을 때 상시 관리자가 될 수 있다는 건가.
성지한은 혼자서 납득하는 손의 말을 들으며, 그 안에서 정보를 얻었다.
[난 설마 본체가 이에 대해 욕심 안 내나 했음.]
"안 내면 어쩌려고?"
[그럼 본체 대신, 일을 해야지.]
여기서 '일'이란 건, 성화로 인류를 깡그리 불사르는 걸 말하는 건가.
그럼 누나도 세아도 모조리 불태우고 적색의 관리자가 되겠네.

'가족 살리려고 그 고생을 했는데, 관리자 되겠다고 그들을 불태울 순 없지.'

아무리 관리자의 권능이 강대하다고 한들, 성지한에게 우선순위는 힘이 아니었다.

그는 조금도 고민하지 않고, 적색의 관리자가 될 생각을 버렸다.

다만.

'이 손을 완전히 컨트롤하기 전엔, 욕심이 있는 척해야겠군.'

이런 마인드를 관리자의 손이 알아채면, 무슨 돌발 행동을 할지 모르니까.

성지한은 낮은 톤으로 말했다.

"……그래. 아직은 타이밍이 아니다. 상시 관리자가 되려면, 네 말대로 인류가 한 단계 더 진화해야 하겠지."

[맞음. 그래야 먹을 게 생김.]

"그러니 그 전에 산발적으로 성화를 불태울 생각은 하지 마라."

[알겠음.]

자신이 말한 논리대로 성지한이 그를 설득해서 그런지, 순순히 납득하는 관리자의 손.

이러면 당분간은 사고를 치지 않겠지.

성지한이 한시름 놓았을 때.

[스타 버프가 업그레이드됩니다.]

[채널의 시청자 수치가 기준치를 넘어, 신성新星의 효과가 활성화됩니다.]

갑자기 스타 버프가 업그레이드되었다는 메시지가 떠올랐다.

* * *

'응? 방송은 꺼져 있는 상태 맞는데.'

아까 한창 싸울 때는 버프 효과가 그대로더니, 뭔 뒷북이야.

성지한은 그리 생각하면서, 일단 업그레이드된 스타 버프 효율을 살펴보았다.

[신성의 레벨은 현재 1입니다.]

[모든 능력치가 120퍼센트 증폭됩니다.]

[지정된 한 능력치의 증폭 효율을, 30퍼센트 더 늘릴 수 있습니다.]

기존엔 방송 시에 능력치를 100퍼센트 올려 주던 스타 버프가.

신성이 활성화되어서 그런지, 적잖이 업그레이드되어

있었다.

'120퍼센트가 기본이고. 스탯 하나는 150퍼센트가 되는 거군.'

효과 좋은데.

거기에 신성 레벨이 1이라는 걸 보면, 버프가 성장할 요인은 더 있어 보였다.

'근데 왜 방송 다 끝나고 버프 효과가 오른 거지?'

성지한은 그렇게 능력 점검을 끝내곤, 자신의 채널에 한 번 들어가 보았다.

그러자.

-와…… 진짜 적멸이네? 적색의 관리자가 쓰던.

-손만 얻어도 저걸 사용할 수 있단 말이야? 말도 안 되는 보물이 하급 종족 손에 들어갔군.

-성좌 후보자가 군림 레벨 8을 단번에 쓸어버렸다고…… 미친 거 아님?

-### 인류여, 자신의 행성 위치를 제보해 주세요 ### 위치 알려 주시면 100억 GP 드립니다. 메일 주소는…….

-얘네 브론즈 올해 진입했잖아 배틀넷 메일 못 씀.

-인류 후원 중인 성좌 없나? 위치 정보 아는 놈이 분명 있을 텐데.

조금 전, 적멸을 사용한 게 벌써 배틀튜브에서 실시간

가장 주목도 높은 영상으로 떠오르고 있었다.

인류 시청자들이야, 왜 오늘 성지한이 피티아보고 이브라고 했는지 궁금해하는 반응이 많았지만.

외계인 입장에선 아담이고 이브고 다른 세계 이야기였으니, 이엔 관심이 없었다.

오로지 적멸 하나에만 포커스를 맞추는 외계인들.

그 관심도가 이 영상을 실시간 1위로 떠올리고, 성지한의 스타 버프까지 업그레이드시켜 준 것이다.

"……적멸 인기가 이 정도였냐? 난리도 아니군."

[날 얻으면 관리자의 권능을 쓸 수 있다는 게 증명됨. 이런 반응은 당연한 거임.]

대중의 반응을 즐기는 관리자의 손.

하나 정작 채널 주인인 성지한은 미간을 찌푸리고 있었다.

적멸 때문에 버프 효과가 늘어난 건 좋은데, 자꾸 지구 위치 어디냐고 묻는 게 영 거슬렸던 것이다.

그것도.

―대성좌한테 정보 팔면 얼마 나올 거 같음?

―일단 태양왕은 원하는 GP 맘대로 쓰라고 할걸.

―드래곤 로드도 관심 많아 보이던데. 용족들이 움직이기 시작했단 소문이 있음.

―아니 적멸 방송 나온 지 10분 지났는데 뭘 벌써 움직

여…… 말이 좀 되는 소리를 해라.

-뭘 모르는 건 너겠지. 애초에 성지한이 적색의 손을 가졌을 때부터, 물밑으로 조사가 시작되고 있었어.

어째 대성좌들이 자꾸 엮이고 있었다.

'대성좌랑 싸우는 건 나도 바라는 바지만…… 그놈들이 지구로 쳐들어오면 답 없는데.'

대성좌와의 전투는, '놀라운 업적'을 위해서도 언젠가는 해야 했다.

하나 그 전투는 어디까지나 밖에서 해야지.

지구로 태양왕이나 드래곤 로드가 오기라도 한다면, 재앙이 밀어닥칠 건 불 보듯 뻔했다.

'저놈들이 지구의 위치를 수소문하지 않도록, 밖에서 싸울 무대가 필요해.'

싸울 무대를 마련하는 거라면, 역시 아레나의 주인에게 한번 물어봐야겠네.

성지한은 그리 생각하면서, 일단은 서울로 귀가했다.

그리고 돌아오자마자, 공허의 수련실로 들어가.

"야, 나 왔어."

아레나의 주인을 호출해 보았다.

하지만, 그의 부름에도 묵묵부답인 허공.

아레나의 주인은 모습을 드러낼 기미를 보이지 않았다.

“음. 없나?”

[……공허 서열 4위임. 그렇게 한가한 존재가 아님.]

“하지만 요즘은 매번 오면 있었거든.”

[그건 본체가 사고를 쳐서 그런 거 아님?]

“아하. 그러네.”

하긴.

아레나의 주인이 왔던 것도 수리해 준다, 수련장 업그레이드한다면서 온 거였지.

성지한은 고개를 끄덕였다.

“그럼 이번에도 사고치면 되겠네.”

[어째서 결론이 그렇게 나옴?]

“수련장 부수면 수리해 주러 올 거 아냐.”

[…….]

그는 주변을 둘러보았다.

500레벨 넘어서 업그레이드 되어서 그런지, 태극마검을 견딜 정도로 강력한 내구도를 자랑하는 공허의 수련장.

이걸 망가뜨리려면, 나름 전력을 다해야겠지.

그는 방송을 켰다.

—엇 아까 전투 끝나고 바로 방송이라니.

—또 누가 침공해 왔나…….

—제발 지구만 아니어라.

성지한의 배틀튜브 ON에, 사람들은 이제 걱정부터 하며 들어왔지만.

"사람 좀만 더 모이면, 이제 수련장 부수기 컨텐츠를 진행하겠습니다."

그가 입을 열자, 다들 안도했다.

—오 아닌 듯? 어둠 속인데 ㅋㅋㅋㅋ

—여기 거기 아님? 100배속으로 말하는 곳.

—ㅇㅇ 수련장인 듯.

—근데 뭐라 하신 거임?

—100배속이라서 못 들음 ㅋㅋㅋ 영상 끝나야 저배속으로 들을 수 있어

성지한이 뭐라고 말하는지는 몰라도.

일단, 지구는 아니라는 게 중요했다.

그렇게 사람들이 안심하면서 들어오고 있을 때.

스스스스…….

"하아…… 진짜. 멀쩡한 걸 왜 또 부수려고 하십니까?"

컨텐츠가 시작하기도 전에, 목표가 모습을 드러냈다.

* * *

"오, 이렇게 빨리 올 줄이야."

"……설마 수련장 부수기 컨텐츠, 절 부르려고 진행하는 거였습니까?"

"맞아."

성지한은 눈치 빠른 아레나의 주인에게 고개를 끄덕이며, 시청자들에게 말했다.

"여러분. 방송 틀자마자 컨텐츠를 더 이상 진행할 필요가 없어졌네요. 오늘은 이만하겠습니다."

그러면서 단칼에 배틀튜브를 끈 성지한을 보며, 아레나의 주인이 한마디 했다.

"목적을 이뤘다고 원래 컨텐츠를 진행하지 않다니…… 그러다가 채널 망합니다."

"그럼 수련장 부술 걸 그랬나?"

"이번 케이스만 빼고, 다른 때에는 성실히 진행하시는 걸 추천드립니다."

"부수는 건 싫나 보네."

"태극마검을 견딜 만한 수련장을 만드는 게 보통 일은 아니니까요."

아레나의 주인은 그러며 본론으로 들어갔다.

"그래서, 전 왜 부르셨습니까?"

"이번에 한 성좌를 상대로 적멸을 사용했는데……."

"저도 보았습니다. 적색의 관리자의 권능, 오랜만에 모습을 드러냈더군요."

"그거 10분 전에 튼 영상인데…… 공허 서열 4위께서 봐 주실 줄은 몰랐군."

"워낙 요주의 인물이셔서 말이죠."

그가 방송을 봤다면, 길게 설명을 안 해도 되겠군.

"적색의 손을 얻었을 때보다, 적멸을 쓰고 주목도가 훨씬 높아져서 말이야. 이대로 뒀다간 외계의 존재가 지구로 쳐들어올 기세던데."

"원래는 배틀넷 리그 신참자에 대한 정보를 구할 순 없습니다만…… 그렇다고 아예 불가능한 건 아니지요."

세상에 완벽한 보안이란 건 없지.

아레나의 주인이 말한 대로 정보 유출이 불가능하지 않다면, 그게 일어날 거라고 상정하고 앞으로의 일을 대비해야 했다.

"지구로 관리자의 손을 노리고 외계인들이 침공하는 사태는 피하고 싶어. 그래서, 지구가 아니라 외부에서 싸울 무대가 필요한데……."

"제게서 전장을 제공받고 싶으신 거군요."

"어."

"싸우는 장소야 얼마든지 제공해 드릴 수 있습니다. 다만."

스으윽.

중절모 아래, 아레나의 주인의 눈이 성지한의 오른팔을 바라보았다.

"외계의 플레이어들을 전장으로 부르려면, 그 손을 상

품으로 걸어야 합니다."

"그래야겠지."

"현재 상태에서 팔을 적출하게 되면, 꽤 타격이 크실 텐데…… 감당 가능하시겠습니까? 운이 좋지 않으면, 죽을지도 모릅니다."

이 말을 같이 듣던 관리자의 손에게선, 바로 부정적인 반응이 튀어나왔다.

[본체. 무리하지 마셈. 아무리 대성좌라고 해도 지구론 금방 못 쳐들어옴. 거기에 쳐들어오면 그냥 지구 불 지르면 그만 아님? 자원 빼앗기기 전에.]

이미 지구 내의 인류를 적색의 관리자가 되기 위한 자원으로 분류하고 있는 손.

성지한은 그의 인식에 대강 장단을 맞춰 주었다.

'성화를 지피면 자원을 회수할 수 있겠지만, 재수 없게 선제타격을 강하게 당하면 어떻게 되겠냐. 대성좌급이면 행성 하나에 궤멸적인 타격을 입힐 재주가 있을 텐데.'

[그건 그렇지만, 그래도 페널티가 과함.]

'상시 관리자가 되기 위해선 위험을 감수해야지. 인류가 진화하기 전까진 내가 저들의 주목을 끌어야 해.'

[……알겠음. 본체의 뜻을 따르겠음.]

적색의 관리자의 진정한 목표였던, '상시 관리자'.

이를 거론하자, 관리자의 손은 순순히 성지한의 말에 따랐다.

"실체로 참여할 테니, 전장을 제공해 줘."
"알겠습니다. 그럼, 조속히 무대를 마련하겠습니다."
성지한의 답이 떨어지자.
지이이잉…….
스페이스 아레나에서 특별 무대를 마련하기 시작하는 아레나의 주인.
"게임 타입은 토너먼트. 결승전에서 이긴 자가 성지한 님과 싸우도록 하는 것이 좋겠군요……."
"맵은, 스페이스 아레나를 베이스로 해서 진행하고…… 참여 플레이어는 최소 성좌 이상으로. 대성좌도 참여시킬 생각이시죠? 성지한 님께선."
"어. 대성좌가 이리로 쳐들어오느니, 거기서 싸우는 게 낫지."
"그럼 대성좌도 참여하게 하면…… 아."
화면이 여러 번 띄웠다가 사라지며, 무대 설정을 진행하던 아레나의 주인은.
갑자기 어느 한 부분에서 동작을 멈추었다.
"성지한 님, 문제가 생겼습니다."
"뭐가 문제지?"
"아직 챌린저 리그 -9시군요. 대성좌를 초대하기 위해선, 챌린저 -5까진 도달해야 합니다."
"아, 아직 챌린저 게임을 돌리질 않아서 그런 거군."
태극의 망혼과의 전투 이후, 그때 얻은 힘을 갈무리하

다 보니.

챌린저 게임 매칭은 아직 한 번도 진행하질 못하고 있었다.

"바로 올리지."

"그럼 1차 토너먼트는 성좌 레벨 8까지만 참여가 가능하겠군요."

"레벨 8이면, 참여율이 저조하겠는데."

적멸 한 방에 그로기 상태가 되었던 피티아도 성좌 레벨 8이었으니.

이 케이스를 본 성좌들이, 과연 참여를 하겠나.

나와 봤자 형편없이 깨지기만 할 텐데.

하나.

"글쎄요…… 전 대흥행할 것이라 확신합니다."

"그래?"

"피티아가 약해서 그랬을 뿐, 자신들은 다를 거라고 생각할 테니까요."

삑. 삑삑.

아레나의 주인은 대략적인 설정을 마치고는, 세부사항에 협의를 들어갔다.

"성좌들의 토너먼트 참여 비용은 전장 구축에 최우선으로 쓰겠습니다."

"참여비도 받나?"

"당연하죠. 적색의 손이 상품으로 걸렸는데, 가치에 맞는 참가비를 받아야죠. 성지한 님께도 이와 관련된 수익은 공정하게 분배될 겁니다. 물론, 전장의 설계 비용을 먼저 제외하고 난 이후예요."

"이미 있는 아레나 맵 쓸 테니, 설계비는 얼마 안 들겠네."

"아뇨. 고위 성좌들이 전투를 치를 맵은 그때그때 새로 구축해야 합니다."

그러면서 상대는 왜 이렇게 비용이 들어가고, 수익은 어떨 것이고 수수료는 어쩌고 하면서 복잡한 이야기를 설파했다.

공허 서열 4위라더니, 뭐 이런 거까지 직접 설명을 하는 건지.

'하연 씨가 그립구나. 이게 길드 업무였다면 대신 처리해 줬을 텐데.'

그동안 복잡한 계약은 이하연에게 맡겨 두었던 성지한은.

아레나의 주인의 설명이 길어질수록, 그녀가 그리워졌다.

그렇게 중요하지 않은 건 한 귀로 듣고, 한 귀로 흘리면서 협의를 진행할 때.

"……아, 그리고 토너먼트 보상은 진화 보너스로 대체해서 드릴 수도 있습니다."

"보상을 종족 진화 보너스로 줄 수 있다고?"

"예."

아레나의 주인이 마지막엔 흘려들을 수 없는 이야기를 했다.

[본체, 기회임. 토너먼트 승리해서, 빨리 중급 진화하는 거임!]

진화 보너스를 준다고 하자, 그간 토너먼트에 부정적이던 적색의 손은 흥분했다.

인류가 중급으로 진화하면, 모조리 성화로 불사르고 상시 관리자 하자 이거지.

성지한은 차분한 눈으로, 아레나의 주인을 바라보았다.

“이거 참…… 많이도 퍼주는 거 같네. 종족 진화 보너스.”

“퍼주다니요. 관리자의 손이란 보물을 거셨는데, 합당한 보상을 받는 것뿐입니다. 거기에 성지한 님은 목숨까지 걸고 있지 않습니까.”

“그런가.”

“예, 합당한 보상이라고 생각하십시오.”

합당하다라.

자신이 보기엔, 어떻게든 인류 진화 시키려고 안달 난 거 같은데.

‘생각해 보면 이 손도 아레나에서 줬었지…….’

공허 측의 진짜 목적은 무엇일까.

성지한은 잠시 고민했지만, 이건 지금 당장 답이 나올 의문이 아니었다.

일단은 협의를 진행해야겠지.

"……알았어. 보상은 그때 가서 선택하지."
"알겠습니다."
그는 그렇게, 자신의 손을 건 토너먼트를 진행했다.

* * *

이튿날.

–이번에 아레나에서 개최되는 성좌 토너먼트 봄? 상품이 적색의 손이더라.
–적멸을 사용한 그 손?
–그럼 성지한이 주최하는 건가?
–맞음 그가 손을 걸었어.
–허. 아레나의 주인이랑 대체 무슨 커넥션이 있는 거지? 저번 방송도 그렇고…….

스페이스 아레나에서 '성지한 배 1차 성좌 토너먼트'공지가 올라오자.
배틀넷 커뮤니티는 후끈 달아올랐다.

–행성 위치가 발각되기 전에, 먼저 수를 쓴 건가?
–근데 저런다고 위치 안 찾아다니나? 토너먼트 무시하고 쳐들어가면 그만인데.

—인류의 행성 찾는 거 보다, 토너먼트에서 승패가 갈리는 게 더 빠를걸? 초심자의 행성 찾는 게 쉬운 일은 아니거든.

다들 배틀넷에서 구를 대로 구른 플레이어들이라 그런지, 성지한의 의도는 금방 파악했지만.

—행성 찾아도 모행성과 거리가 멀면, 거기까지 가는 것도 문제야. 토너먼트가 훨씬 나음.

—맞아 인류의 행성까지 가기 전에, 손의 주인은 뒤바뀌어 있을걸.

—근데 1차 토너먼트는 레벨 8 제한이네…… 적멸에 휩쓸려 버린 성좌도 레벨 8 아니었어?

—이럼 누가 참가하냐? 괜히 나가 봤자 발릴 텐데.

—이미 접수 마감임 ㅋ 좀 있으면 256강 대진표 나온댄다.

'벌써?'

성지한은 외계 플레이어들이 쓴 배틀넷 커뮤니티 글들을 둘러보다, 눈을 껌뻑였다.

공지 뜬 지 얼마나 됐다고 접수 마감이야.

—인류종 어차피 하급 종족 아님? 그런 애들 레벨 8과 상위종의 성좌 레벨 8은 다르지.

-맞아 거기에 적멸 한 방만 피하면 쉬워 보이던데?

-그 검 꺼낸 것도 위력 세지 않음?

-그래 봤자 그 쪼그만 걸로 뭐 하겠어.

-애초에 아직 성좌 후보자에 불과한 성지한한테 레벨 8들이 겁먹겠냐 ㅋㅋㅋ

'같은 성좌 레벨을 지녀도, 종족의 등급에 따라 수준 차가 상당히 나나 보군.'

성지한은 커뮤니티에서 추가적으로 올라오는 글을 보며, 참가 신청이 금방 마감된 이유를 알 수 있었다.

피티아가 깨졌던 건, 기습적인 적멸에 하급종인 인류 출신이라 그런 거고.

자신들이면 이야기가 달라질 거다.

이렇게 보고 있는 거네.

'어디, 얼마나 차이 나는지는 경기를 보면서 판단해야겠군.'

성지한이 그렇게 생각하고 있을 때.

"그대여. 아레나 토너먼트 대진표가 나왔다!"

거실 한구석에서 그림자가 올라오더니, 그림자여왕이 성지한에게 화면을 띄워 주었다.

"대진표 나와 봤자 뭐, 우승자랑 맞붙는 건데. 볼 필요 있겠어?"

“레벨 8 성좌 중, 유명한 이들은 죄다 참여한 거 같은데? 미리 준비해야 하지 않겠나?”

“봐도 어차피 아는 이름도 없어.”

애초에 외계의 성좌 중, 아는 자들이 뭐 있어야지.

성지한은 그렇게 결승에 누가 올지만 보면 된다고 생각했지만.

“아는 이름이라…….”

스으윽.

그림자여왕은 토너먼트의 이름을 쭉 둘러보더니.

손가락으로 한 칸을 가리켰다.

“여기, 이자는 인류 출신 아니었나?”

“응? 누구?”

“아소카.”

“……그가 나왔다고?”

성지한은 눈을 살짝 크게 떴다.

아소카가 적색의 손이 걸린 토너먼트에 출전하다니.

물론 그가 레벨 8 성좌긴 했지만, 이건 완전히 예상외였다.

그때.

부르르르…….

성지한의 핸드폰에서, 진동이 울렸다.

원래 모르는 번호는 안 받는 그였지만.

‘……앞이 777로 시작하는 건 처음 보네.’

지금 걸려 온 특이한 번호는, 받아야 할 거 같았다.

뚝.

그가 통화 버튼을 누르자.

[성지한. 긴히 할 이야기가 있네.]

그 안에서, 아소카의 목소리가 흘러나왔다.

'투성에 있는 아소카가 폰으로 전화하다니…….'

성지한은 다시 걸려온 번호를 바라보다가, 그에게 대답했다.

"혹시 당신도 지구로 온 건가?"

[아니, 지구로는 투성의 일원이 모두 접근할 수 없다네. 성좌 후보자를 건드려서, 한 달 접근 금지 처벌을 받았거든.]

"한 달? 페널티가 별로 안 크군."

[평소라면 그렇지만, 지금 같은 시기에는 그 한 달이 결정적일 수 있지.]

그렇긴 해도, 한 달 페널티는 너무 약하다.

이 사실을 무신이 진작에 알았더라면, 성지한을 예전에 제거했겠지.

'이럼 한 달 후에는 더 강력한 성좌가 방해하러 올지도 모르겠네.'

피티아와 길가메시야 솔직히 큰 방해가 되진 않았지만, 동방삭이 오면 이야기가 다르겠지.

한 달 동안 시간을 허투루 쓰지 말아야겠다고 생각하면

서, 성지한은 아소카와의 대화를 이어 갔다.

"그럼 설마 투성에서 전화하는 건가?"

[아니. 투성이라면 무신의 방해 때문에 못했겠지. 스페이스 아레나의 선수 대기실에 있어서 이렇게 연락이 가능했네.]

"아하."

토너먼트 개최한 지 얼마나 되었다고, 벌써 256강 진행을 위해 선수 대기실에 성좌들을 모아 둔 건가.

"그래서 긴히 할 말이 뭐지?"

[토너먼트에서 나와 마주했을 때, 내게 적멸을 써 주게.]

"적멸을……."

[자네가 적색의 손에 얼마나 장악되었는지 알아야 하거든.]

그걸 맞는다고 아나?

거기에.

"그렇게 말하면 써 주기 싫어지는데."

[써야 할 걸세. 안 그러면, 내가 시간을 돌릴 수도 있으니.]

"……시간을 돌린다는 건."

[무신의 회귀를 전적으로 돕겠다는 이야기이네.]

성지한은 그 말에 미간을 찌푸렸다.

"지금 협박하냐?"

[아니. 나는 자네를 전적으로 도울 생각이네. 하지만, 적색의 관리자가 된 성지한은 도울 수 없지.]

"……왜지?"

[그것은 인류의 멸종을 뜻하니까.]

멸종이라.

적색의 관리자가 되려면 인류를 성화로 불태워야 하니까, 아소카의 말이 맞긴 하다.

'불 지를 생각, 전혀 없는데 말이지.'

성지한은 그럴 생각이 없다고 바로 확답을 주고 싶었지만.

[적색의 관리자가 되는 것이 멸종이라니, 그렇지 않음. 그것은 인류 진화의 최종 단계이자, 올바른 종결점임. 60억이 하나의 절대자가 되는 게 어찌 멸종임?]

아소카의 통화를 들었는지, 관리자의 손이 그에게 의념을 보내고 있었다.

아직까지는 완벽히 제어가 되지 않는 손.

그런 그를 앞에 두고, 적색의 관리자 안 할 거라고 하긴 그랬다.

이 강력한 폭탄을 제어할 방법을 찾기 전까진, 관리자 자리를 탐내는 것처럼 연기해야 했으니까.

"일단은 알겠다. 적멸 써 주지. 근데…… 나한테 그걸 맞으려면, 먼저 토너먼트에서 우승해야 하지 않나?"

[그건 걱정할 필요 없다. 우승은 확정적이니.]

"대단한 자신감이군."

[보면 알 테지.]

참여를 결정한 레벨 8 성좌 중.

하급 종족 출신의 성좌는 그 하나밖에 없었다.

최소 중상급 이상이고, 대다수는 상급 종족 출신이었는데.

아소카는 그들을 당연히 제치고, 256강에서부터 맨 위까지 올라오겠다고 담담히 말하고 있었다.

'저번에 금륜적보 돌릴 때 보면, 만만해 보이진 않았지…….'

동방삭 정도는 아니더라도, 피티아 이상은 되려나.

성지한은 이번 기회에 그의 힘도 파악해 봐야겠다고 생각하면서, 답을 했다.

"그래. 올라오면 적멸 쏠게."

[알겠다. 그럼 그때까지, 손에 지배받지 않길 바라지.]

삑.

아소카는 그리 말하며 전화를 끊었다.

이거 어째 분위기가, 손에게 지배받으면 시간 바로 돌릴 기세군.

[뭔데 저리 건방짐? 레벨 8 주제에.]

"뭐, 한 가닥 재주는 있는 성좌다."

성지한이 투덜거리는 적색의 손에게 그리 대꾸하고 있을 때.

옆에서 통화를 들은 그림자여왕이 성지한을 지그시 바

라보고 있었다.

"……그대, 설마 관리자가 될 수 있는 건가?"

"글쎄다."

"친하게 지내야겠군. 다시 검으로 들어가도 되겠나?"

"왜, 태극마검 쓸 때는 학을 떼더니."

"그래도 관리자랑 끈을 연결하는 게 더 중요하지."

의도가 투명하구만.

성지한은 피식 웃었다.

"따로 챙겨 줄 일은 없을 거니, 그냥 평소대로 해라."

"냉정하군. 그럼, 밑바닥에서부터 다시 열심히 활동해야겠네……."

"밑바닥이라니. 그런 거치고는 후원자도 꽤 모았잖아?"

"지금은 후원자로 인해 벌어들이는 것보다, 지출이 더 많은 상태야. 1~2년 후면 흑자 전환할 거 같은데……."

"근데 뭐가 문젠데."

그림자여왕은 성지한을 슬쩍 바라보았다.

"1, 2년 후에도 여기 괜찮겠지?"

"왜?"

"저번의 충돌 때도 그렇고, 뭔가 금방이라도 폭발할 거 같거든 이 세계는. 너무 변화가 빨라."

그렇게 생각할 만도 하다.

애초에 스페이스 리그에 정식으로 진입한 게 올해였으니까.

1년도 안 지났는데 별의별 일이 다 생겼으니, 여기 계속 투자해도 되나 싶겠지.

하지만.

“그런다고 다른데 투자할 수도 없잖아, 너.”

“윽…… 그건 그렇다만.”

“그럼 그냥 받아들여.”

“후우…… 그럼, 나 따로 방송 좀 해도 되나?”

“방송을?”

성지한의 반문에, 그림자여왕은 자신이 띄웠던 대진표 화면을 툭툭 두드렸다.

“이 경기. 인류는 아직 중계하지 못하더군.”

“그래서 그걸 네가 하겠다고?”

“그래. 이 외에도 외계의 배틀튜브 중 인류가 흥미로워하는 걸 뽑아서 방송을 할까 해.”

“흠…… 지구에서 외계 배틀튜브 중계할 수 있는 건, 나랑 너밖에 없나.”

“네 누나도 가능은 하다. 물론 성지아는 그런 거 안 한다고 했지만.”

아, 하긴 누나도 아직 성좌라 가능은 한 건가.

성지한은 천천히 고개를 끄덕였다.

“그래. 마음껏 해. 난 안 건들 테니.”

“오…… 정말인가?”

“어.”

어차피 올해가 지나기 전에, 많은 게 결판날 거 같은데 그런 지방 방송까지 신경 쓸 필요는 없지.

성지한이 선선히 이를 허락하자, 그림자여왕의 얼굴이 밝아졌다.

"그럼 바로 여왕 채널 오픈하러 가겠다!"

스스스…….

'이제부터 꾸준히 챌린저 게임을 진행해야겠군.'

성지한은 챌린저 리그로 승급한 후, 처음으로 일반 게임을 매칭했다.

* * *

3일 후.

[챌린저 리그 8로 승급했습니다.]

'리그 승급, 3번만 이기면 되는 건가.'

성지한은 무덤덤한 얼굴로 시스템 메시지를 바라보았다.

챌린저 리그.

배틀넷의 최상위 리그인 이곳은, 과연 전 우주의 강자들이 즐비했다.

하지만.

'그래 봤자지.'

아무리 강하다 한들 성좌 후보자들.

애초에 레벨 8의 성좌도 손쉽게 쫓아낸 성지한에게, 대적할 만한 상대는 아무도 없었다.

-챌린저 게임도 별거 없네.

-어느 리그를 가도 익숙한 학살 현장이다 ㅋㅋㅋㅋ

-하기야 레벨 8 성좌도 압살했는데, 다른 플레이어야 오죽하겠어.

-성지한 님 일반 게임 매칭은 아마 평생 이렇게 손쉽게 끝나지 않을까요?

-그럴듯 ㅋㅋㅋㅋ 일방적으로 바르는 재미에 봄.

-근데 점점 빨리 끝내서 아쉬움…… 오늘 1분 컷 ㅡㅡ;

-ㄹㅇ 들어오니까 끝나 있어 ㅋㅋㅋ

게임 시작하자마자 번쩍, 번쩍하더니 죄다 썰려 있는 적들.

일반 게임 매칭은, 그렇게 매일 초고속으로 끝났다.

'이렇게 빨리 끝날 줄 알았으면, 진작 좀 돌릴 걸 그랬네.'

적색의 손과 공허 처리장을 이식하고 난 후, 이 둘에 대해 파악을 하느라 일반 게임 매칭을 안 돌리고 있었는데.

이렇게 1분 컷 낼 줄 알았으면, 미리 틈틈이 매칭 돌릴 걸 그랬다.

성지한이 그렇게 예전 일을 아쉬워하며, 거실로 나오자.

[벌써 끝냈니?]

“어 누나.”

소파 앞에 둥둥 떠 있는 석상 형상의 성지아가 그를 맞이했다.

무거워서 앉지도 못하고, 맨날 허공에 공중부양중인 그녀를 보며 성지한이 미간을 찌푸렸다.

“그거 안 불편해? 빨리 열쇠 써서 인간으로 돌아와.”

[좀 기다려 봐. 누나도 다 생각이 있어.]

“그거참. 열쇠 힘들게 구했구만, 보람이 없네. 진짜.”

[초심자의 아레나 끝날 때까지는, 세아 서포트해야지.]

“오늘 시작이랬지?”

초심자의 아레나.

중급에 도달하지 않는 종족을 모아다가, 진화 보너스를 주는 이 행사는.

아레나의 주인이 인류에게 진화 보너스를 더욱 퍼주기 위해, 개최한 거라는 설이 파다했다.

—아레나의 주인이랑 성지한, 커넥션이 확실히 있음. 저번에도 성지한 방송에 같이 나왔잖아. 공허의 수련장에서.

—하…… 인류가 대체 뭐라고 저렇게 밀어주냐?

—인류는 딱히 뭐 없는 거 같은데, 거기서 한 명이 워낙 독보적이라.

—아니, 꼭 그렇진 않음 고위 레벨의 군림 성좌가 셋이나 있는 것도 그렇고…… 우주천마도 인간 출신이라는데?

—우주천마…… 그 괴물도 인간이었음?

—종족은 그냥 평범 이하인데, 특출난 플레이어들이 간혹 튀어나오는 듯.

인류가 대체 뭐길래 저렇게 밀어주냐, 답 안 나오는 문제 가지고 배틀넷 커뮤니티에서 한참 갑론을박이 벌어질 무렵.

[지한아. 시작하려나 봐.]

TV에서는 초심자의 아레나가 시작되려 하고 있었다.

=초심자의 아레나. 드디어 시작되는군요!

=첫 개막전은, 마스터리그에 소속된 플레이어끼리 경기를 치릅니다.

=마스터 리그면…… 현 인류에선, 5명이 출전 가능하군요!

=네. 9월에 치러졌던 승급전 맴버들이 그대로 아레나에 나섭니다!

인류의 진화가 걸려 있어서 그런지, 전 세계의 0번 채널에 실시간으로 방영되는 초심자의 아레나.

=이번 상대 종족은…… 곰입니까?
=하도 덩치가 큰 종족들이 많아서 그런지, 곰 정도면 상대할 만한 것 같습니다!

아레나의 경기장에서, 상대편으로 소환된 곰을 닮은 종족.
그들은 인류팀을 향해 쇄도하면서, 적극적으로 압박을 가했다.

=아, 윤세진 선수! 앞으로 나서서 이들을 막아 보지만, 다섯을 모두 막을 순 없습니다!
=윤세아 선수가 커버에 들어가는군요. 언데드 버프, 여기서도 유지되나요?!
=오.,되는 것 같습니다! 마치 전사가 한 명 더 있는 것 마냥, 적극적으로 대처하고 있어요! 상대의 돌진, 일단은 저지합니다!

성지한은 전사인 양, 앞으로 나서는 윤세아를 보면서 고개를 갸웃했다.
"응? 난 불사의 축복 안 썼는데."
[내가 대신 했어.]

공허의 마녀 형태를 유지하고 있어서, 이렇게 불사의 축복도 줄 수 있는 건가.

성지한은 고개를 끄덕이며, 그녀에게 말했다.

"이게 누나의 서포트야?"

[그래. 진화 보너스 많이 얻어가야 하지 않겠니? 거기에 윤세진이 전사의 본분을 다 못하고 있으니까. 우리 딸 다치지 않게 내가 버프 줘야지.]

"전사가 너무 없잖아. 매형이 커버하긴 힘들지."

[이제 매형 아니다.]

"아, 알았어. 세진 형."

성지한은 그렇게 호칭을 정정하며, 게임의 진행 양상을 살펴보았다.

전사 5인으로 구성된 곰 종족은 돌진이 막히니, 서서히 후방 지원을 받는 인류 팀에게 밀리고 있었다.

윤세아가 불사의 축복이 걸리지 않았다면, 역으로 인류 팀이 제압당할 상황이었지만.

다른 탱커들처럼 몸을 던져서 팀을 방어하는 궁수 때문에, 게임은 수월하게 풀려 갔다.

'세아의 불사의 축복이 여기서도 먹히면, 꽤 좋은 성적을 기대해도 되겠는데.'

누나가 서포트 하나는 확실히 해 주는군.

성지한은 그리 생각하면서, 승리하는 인류를 바라보고 있을 때.

스스스스…….

"그대여. 지금 혹시 바쁜가?"

바닥에서 그림자여왕이 다급한 얼굴로 성지한에게 질문했다.

"아니, 이거 보고 있는데."

"그래? 승패는 갈렸군. 그러면, 잠깐…… 내 채널에 얼굴 좀 비춰 줄 수 있겠나?"

"네 채널에 나가라고? 뭔 방송을 하려 그래."

"네 손을 건 토너먼트 256강 중계다."

아, 그것도 오늘 동시에 하는 거였어?

스페이스 아레나가 일정을 뭐 이리 잡았대.

성지한은 그리 생각하고 있을 때, 그림자여왕이 주저리주저리 한탄했다.

"성좌들의 대결이라 주목도가 높을 줄 알았는데, 예상보다 시청자 수가 너무 저조해. 인류한테는 저 초심자의 아레나가 훨씬 인기가 좋을 거란 걸 간과했다……."

"그래서, 나보고 토너먼트 중계하라는 거냐?"

"아, 아니. 그냥 얼굴만 한 번 비춰 주면 안 되겠나…… 지금 안 그래도 딱, 인류 성좌가 경기할 타이밍이다."

"아소카가? 알았어. 가자."

"오…… 고맙다. 이쪽이다."

아소카가 나오는 거면, 한번 봐야지.

성지한이 승낙하자, 그림자여왕은 얼른 자기가 튀어나

온 바닥으로 그를 안내했다.

그림자기운이 가득한 그곳에 발을 디디자, 성지한의 몸이 아래로 빨려 들어갔다.

스으으윽…….

그리고 순식간에 뒤바뀌는 환경.

“자, 오늘 내가 대형 게스트를 데려왔다!”

어두컴컴한 그림자기운만 가득한 채, 화면만 여럿 뜬 그곳에서는.

아소카의 모습이 가장 큰 화면에 나타나고 있었다.

“안녕하세요, 여러분. 오늘 깜짝 객원 해설로 참여한 성지한입니다.”

성지한은 그렇게 운을 띄우며, 한마디라도 해설을 하려고 화면을 바라보았을 때.

번쩍!

화면에서 빛이 터져 나오나 싶더니.

“……어, 게임 끝났네요?”

아소카의 상대는 사라진 채.

256강이 순식간에 종료되었다.

6장

6장

“뭐, 뭐야. 왜 이렇게 빨리 끝났어?”

그림자여왕은 당황한 얼굴로 화면을 바라보았다.

레벨 8 성좌끼리 싸우는 이번 토너먼트에서, 아소카가 맞상대할 적은 거대한 바위였다.

멀리서 둘을 잡은 화면에서는, 아소카의 모습이 눈에 잘 띄지 않을 정도로 둘 사이엔, 압도적 크기 차이가 났다.

그냥 보이는 대로 승패를 가늠하면, 모두가 바위 쪽에 한 표를 던질 느낌이었다.

그런데, 빛이 한 번 번쩍하니 바위가 사라지다니.

“분, 분명 상대는 불의 반정령. 마그마돈이었는데……!”

그림자여왕은 경기를 앞으로 되돌리면서, 믿기지 않는

다는 듯 한탄했다.

"뭐냐, 그 공룡 같은 이름은."

"공룡? 이름 가지고 얕보면 안 된다. 그는 불과 땅 속성의 힘을 동시에 지닌, 군림 성좌. 이번 토너먼트 우승자 예측 순위 중, TOP 20 안에 들어가는 강자다!"

"그런 놈이 왜 한 방에 사라졌어?"

"나도 알고 싶다! 인류가 가장 관심을 많이 가질 게임을 아소카가 이렇게 끝내면 안 되는데……."

평소 여왕으로서 군림자의 면모를 지키던 그녀는, 상당히 초조한 모습을 보이고 있었다.

"뭔가 너, 좀 절박한데."

"……있는 돈 없는 돈 다 끌어다 아레나에서 이번 토너먼트 중계권 샀거든."

"중계권?"

성지한은 어처구니없는 눈으로 그림자여왕을 바라보았다.

아레나에서 그런 것도 팔았어?

"그래. 배틀튜브에서 광고 수익 정산받으려면 중계권 가져와야 하거든. 아레나에 협상에 협상을 거듭해서, 최대한 할인받고 가져왔는데…… 이렇게 경기가 진행되면 파산이야!"

"나는 배틀튜브 틀면서 그런 거 사 본 기억이 없는데."

"넌 직접 플레이어로 참여했잖느냐. 참여자에게는 다

들 권리가 있다."

"아하, 넌 중계만 하니까 그런 거 없고?"

"그렇지…… 아, 이러다 망하겠다. 시청자들 다 떨어지겠어. 어떻게 하지? 어떻게…… 응?"

아소카의 빛 번쩍 승리 때문에, 절망에 빠져 있던 그림자여왕은.

경기가 중계되는 메인 화면에서 시선을 돌렸다가, 눈을 화들짝 크게 떴다.

"뭐, 뭐야? 시청자가 언제 이렇게 늘었지…… 아까 분명 30만도 안 됐는데……."

아소카 나올 때만 해도, 30만이던 동시 시청자 숫자는.

눈 깜짝할 사이에 500만을 돌파해 있었다.

그녀는 재빨리 시선을 돌려, 채팅창을 바라보았다.

-오, 여기서 성지한 님 나옴.

-초심자의 아레나 끝나고 딴 거 뭐 하나 배틀튜브 뒤지고 있는데 이런 걸 다 보네 ㅎㅎ

-성지한이 해설자라니 ㅋㅋㅋㅋ 이건 봐야지 ㅋㅋㅋ

-와, 성지한 얼굴 비쳤다고 순식간에 30만이 500만 된 거 실화냐??

-500만으로 끝나겠음? 지금 유입 미친 듯이 되는데 ㄷㄷㄷ

성지한이 등장했다는 것 하나 때문에, 순식간에 시청자 유입이 폭증한 여왕의 채널.

이게 배틀튜브가 아니라 지구 통신망으로 하는 방송이었다면, 당장이라도 서버가 터졌겠지.

그림자여왕은 성지한의 파괴력에 대해 실감하며, 그를 잘 데려왔다고 생각했지만.

–근데 해설할 경기가 끝나 버렸는데요?

–그럼 이대로 끝임?

–얼굴만 비추고 끝나면 좀 섭섭한데…….

–토크쇼라도 진행하시죠 성지한 님 모셔왔는데.

–ㄹㅇㅋㅋ

정작 해설해야 할 경기가 맥없이 끝나버리니, 할 컨텐츠가 없었다.

"음…… 어때. 토크쇼라도 할까?"

이 어두컴컴한 그림자 안에서, 뭔 토크쇼야.

성지한은 고개를 저으며, 메인화면을 손가락으로 가리켰다.

"토크쇼까지 할 시간적 여유는 없고요. 아소카 경기나 좀 돌려보면서 복기할까 합니다만 괜찮으실까요? 다음 경기 보는 대신 말이죠."

—좋아요 ㄱㄱㄱ

—우주 괴물들 싸움보다는 인간 성좌 보는 게 낫지 ㅋㅋㅋ

—솔까 죄다 불만 지르고 있어서 뭐가 뭔지도 모르겠음.

적색의 손을 노리는 성좌들이 토너먼트에 참여해서 그런지, 참여한 이들은 대다수가 불 속성과 관련이 있었다.

그래서 그들의 권능이 발현될 때면, 경기장 전체가 죄다 불타기만 해서.

시청하는 사람들 입장에선 전혀 흥미가 가질 않았다.

"성좌들의 대결을 그런 식으로 폄하하다니…… 보는 눈이 아직 멀었구나."

"불만 타오르는데 그럼 재밌겠냐."

"너라면 저 거대한 불길 속에서, 성좌들이 치열하게 힘겨루기하는 걸 볼 수 있을 텐데."

"나는 볼 수 있지만, 일반인이 이해하긴 힘들지. 왜. 뒷경기 중계 욕심 있어? 그럼 난 가고."

"으, 으흠! 누가 그랬댔나. 같이 보도록 하자. 오늘은 아소카 특집이다."

그림자여왕은 성지한을 황급히 붙잡았다.

중계권료 본전은 뽑아야지.

"자, 그럼 경기 시작 시점으로 돌아가, 멈춰 보자."

휘리리릭.

메인화면 영상이 뒤로 돌아가고.

아소카와 마그마돈의 대치 화면이 나타났다.

흰 얼굴에, 긴 흑발을 늘어뜨린 남자.

고개를 들어 불타는 바위를 바라보는 그의 표정에는, 긴장감이 전혀 느껴지질 않았다.

—와…… 근데 아소카왕 존잘이네 ㄷㄷ

—근데 이 사람 얼굴 왜케 하얌? 인도 사람 아님?

—인도 사람 중에도 하얀 사람 많어 ㅡㅡ;

—이브에 외모로 안 밀린다 야.

—길가메시만 중년 아저씨네 ㅋㅋㅋ

아소카의 외모가 워낙 인상적이었는지, 그렇게 한참 품평회가 벌어질 무렵.

슬로우 카메라로 대결 영상이 천천히 재생되었다.

둘이 대치하고, 아소카의 몸에서 빛이 번쩍이려고 할 때.

"이거 느리게 해 봐. 최대한."

"알았다."

성지한의 지시에 따라, 그림자여왕은 영상 재생 속도를 가장 느리게 바꾸었다.

그러자.

스스스…….

아소카의 등 뒤에서, 잠깐 모습을 드러낸 금륜적보.

–뭐야 저 해골 수레바퀴는?
–가장 느리게 재생한 게 아니었으면 못 봤겠네 이거.
–저건 얼굴이랑 너무 안 어울린다 ㅠㅠㅠㅠ 신성한 외모인데 ㅠㅠ

시청자들은 살벌하게 생긴 황금 두개골 수레바퀴를 보고는 이미지랑 안 어울린다고 품평했지만.
드륵.
그것이 살짝 돌아가자, 찬란한 빛이 번졌다.
"최대한 어둡게 해 봐. 빛 속에서 마그마돈 어떻게 죽었나 좀 보게."
"알았다."
성지한의 말에 그림자여왕이 충실하게 따라서, 화면을 가장 어둡게 설정하자.
거대한 불 바위, 마그마돈의 크기가 순식간에 쪼그라들더니.
최종적으론 돌멩이와 불로 나뉘어 사라졌다.
"음…… 저건 반정령이 되기 전의 모습 같군."
"그래?"
"그렇다. 마그마돈의 출신 종족, 불의 반정령이 형성되기 전엔 저런 모습을 띤다고 하는군. 예전에 잠 안 와서 본 다큐멘터리에서 그러더군.”

배틀튜브로 교양 좀 쌓았네.

“그러면 저게, 태어났을 때 모습으로 봐도 되는 건가?”

“뭐, 그 다큐멘터리가 맞다면?”

성지한은 그 말에 아소카가 어떤 수를 썼는지 추측할 수 있었다.

‘시간역행으로 상대 신체의 시간을 돌린 건가.’

그림자여왕 말이 맞다면, 저 모습은 인간으로 따지면 갓난아기로 되돌린 격이었으니.

아소카는 시간을 다루는 힘을 이용해서, 상대를 탄생 때로 되돌린 것 같았다.

‘그가 토너먼트를 별로 걱정하지 않은 이유를 알 것 같군.’

수레바퀴 살짝 돌리면, 상대가 다 저렇게 태초의 때로 변해 사라져 버리니.

상대가 누가 나오던 걱정이 되겠나.

“수레바퀴 조금 돌리면, 아기 때로 돌아가게 만들다니. 이거 완전 밸런스 파괴네요.”

“네 입에서 밸런스 이야기를 듣다니. 오래 살고 볼 일이군…….”

게임 밸런스 파괴 플레이어론, 자기가 압도적인 원탑이면서.

그림자여왕은 어처구니없다는 듯 성지한을 바라보았다.

-ㄹㅇ 이 토너먼트 애초에 성좌도 아닌 성지한과 싸우려고 레벨 8 성좌끼리 모인 거잖아 ㅋㅋㅋ

-그래도 지한 님이 저리 말할 정도면 세긴 한가 봐요, 아소카가.

-인류에 이렇게 인재가 많았나? ㅎㅎ

-근데 아소카가 그렇게까지 대단한 사람임……?

-인도에선 유명한 왕인데 그 정도 급은 아닌 거 같은데.

성지한은 아소카에 대해 올라오는 채팅을 보며 생각에 잠겼다.

그러고 보면 분명.

[아소카? 그게 제 이름입니까?]

구궁팔괘도의 두 번째 봉인에서 만난 아소카는, 성지한에게 그리 반문했지.

'그의 진짜 이름이 아소카가 아닌 건 분명해.'

아소카가 아니면 뭐지.

아무래도 이번 토너먼트는 그가 올라올 게 확실시되니, 그를 만나기 전에 정보 좀 얻으면 좋을 거 같은데.

'인도 쪽은 아는 게 별로 없어서 추리를 못 하겠네.'

그렇게 아소카의 정체에 대해 고민하던 성지한의 눈

에, 채팅창이 들어왔다.

아, 그래.

혼자서 못 맞출 거면.

"여러분. 집단지성으로 한번 추리해 볼까요."

벌써 천만까지 유입된, 시청자들의 머리를 빌리면 되지.

* * *

"일단 제가 확신하는데, 아소카는 아소카가 아닙니다."

성지한은 아소카가 금륜적보를 띄운 장면에서 화면을 멈추어 두었다.

"그게 뭔 소리야?"

"저건 표면적인 이름이고, 진짜 정체는 따로 있어. 그래. 피티아처럼."

"아하…… 근데 누군지 모르겠으니 추리 같이하자는 건가?"

"어, 인도 쪽은 아무래도 내가 잘 모르거든."

—오…… 1초 만에 끝난 아소카 경기로 이렇게까지 컨텐츠를 이어 가네 ㅋㅋㅋㅋ

—ㄹㅇ 여왕 채널 성지한 혼자 다 살림 ㅋㅋㅋㅋ

—아소카의 정체라…… 힌트 없나요?

“힌트라면…… 아소카 왕보단 전대의 사람인 거 같네요. 인도 출신은 맞는 거 같고요.”

성지한의 말에, 본격적으로 추리를 하기 시작하는 사람들.

—아소카 이전에 인도 사람이면 누구 있음?

—아소카랑 동급의 군림 성좌는 길가메시와 피티아…… 아담과 이브라고도 비유됐지.

—그리고 포스로 보면 그 둘보다 훨 세 보이긴 해 ㅋㅋㅋㅋ

—그럼 웬만한 위인들 가지곤 비비지도 못하겠는데…… 힌두교 신급이나 신화속 영웅이면 되려나?

—그럼 라마? 크리슈나?

그렇게 힌두교 속의 영웅 이름이 튀어나오다가.

—아…… 설마 부처님 아니야?

—저기요 선 넘지 마시죠 ㅡㅡ 부처님이 무슨 저런 불길한 황금 해골을 띄워요.

—ㄹㅇ 불교신자로서 불쾌합니다.

—뭐 어때 아담과 이브도 나왔는데 추리는 할 수 있는 거지.

—부처는 너무 나갔고. 전륜성왕 아닐까?

—아미타불? 미륵?

—에라이 그냥 신들 다 꺼내라 그냥 ㅋㅋㅋㅋ

급기야는 불교의 창시자까지 나오고 있었다.

'이브도 나온 마당에, 누가 나와도 이상하지 않아.'

성지한은 일단 그렇게 드러난 이름들을 죄다 저장해 두었다.

"확실히 집단지성이 좋네요. 이렇게 검토해 볼 이름 리스트가 많아졌으니."

"음…… 너무 많은 거 아닌가? 이러다가 인도의 신 이름 다 나올 기세인데."

"뭐, 그건 그렇다만…… 여기서 하나는 걸리지 않을까?"

"근데 물어본다고 과연 본인이 알려 주긴 해?"

스으윽.

그러며 그림자여왕은 메인화면에 손가락을 향했다.

아소카 이름찾기 때문에 시간을 좀 보내서 그런지, 어느덧 128강 경기가 시작되고 있었다.

그리고 거기서도.

—어, 벌써 끝났어.

—실시간으로 보니까 ㄹㅇ 1초네 ㅋㅋㅋㅋ

—번쩍! 하더니 게임 종료 뭐임 진짜 ㅡㅡ;

—성지한이 밸런스 파괴라고 한 게 이해될 거 같아…….

아소카는 빛 한번 번쩍이더니 상대의 시간을 탄생의 때로 되돌리고 있었다.

"저자, 찔러도 피 한 방울 안 나올 거 같은데."

"흠……."

과연, 이름 리스트 쫙 띄우고 물어본다고 대답을 들을 거 같지는 않군.

후보군을 최대한 추려서, 물어봤을 때 조금이라도 동요하는지 알아봐야겠는데.

성지한은 사람들이 추리한 이름을 쭉 둘러보다가 생각했다.

'그러고 보면, 동방삭은 구세제민救世濟民. 아소카는 금각禁覺의 맹세를 했지…….'

[금각禁覺이라. 깨닫지 않겠다는 건가.]

[당신을 이 일에 끌어들였는데, 저 혼자 떠날 수는 없지 않겠습니까.]

분명히 동방삭과 아소카 간에는, 그러한 대화가 오갔었다.

여기서 깨달음은 아무래도 불교 쪽에 더 가까운 용어 아닌가?

'……좋아. 그럼 그쪽으로 간다.'

성지한은 집단지성으로 얻어 낸 수많은 이름 중, 찔러볼 것을 최종적으로 결정했다.

그리고 이렇게 며칠간 진행된 토너먼트에서.

[플레이어 '아소카'가 토너먼트에서 우승했습니다.]

최종적으로 우승한 이는, 아소카였다.

* * *

무신의 별 투성.

무신은 자신의 자리에서, 아소카를 내려다보았다.

[네 말대로 이번 토너먼트 참가를 허락했다만…… 아소카. 일의 마무리, 맡겨도 되겠지?]

"예. 손을 회수할 수 있으면 회수하고. 그렇게 되지 않는다면 봉인하겠습니다."

[그래. 금제를 거스르지 않으리라 믿겠다.]

"이는 제 목적에도 부합하는 일…… 성실히 수행하겠습니다."

무신은 충실하게 고개를 숙이는 그를 내려다보며, 과거의 일을 떠올렸다.

먼 옛날, 동방삭과 더불어서 자신을 사사건건 방해하던

인류의 현자.

저자 때문에, 한때는 지구를 모조리 불사르고 다른 행성에서 새로이 스타트를 하려 했지만.

자신의 의도를 먼저 알아차린 아소카가 '무한회귀無限回歸'를 제안하면서 상황은 달라졌다.

'현재까지는 그가 나에게 가장 많은 도움을 주었지…….'

무신이 이렇게 투성에서 막대한 힘을 모으고, 관리자의 자리를 넘볼 수 있게 된 것도.

아소카가 구축한 무한회귀의 덕이 컸다.

한때는 최악의 적이었지만.

그가 머리를 숙이고 무신의 종을 자처한 후부터는, 그 어떤 이보다 도움이 되었지.

하지만.

'벌써 셀 수도 없이 회귀를 같이했지만, 그의 속내는 여전히 알 수가 없다…….'

무신은 과거, 계획한 바를 모두 성공적으로 이행해 나갔다.

비록 동방삭이 초월적인 무를 지녀, 그와는 맞붙지 못하고 피해 다녀야 했지만.

그는 세계수를 봉인해야 했기에, 행동반경이 제한되어 있었다.

그렇게 모든 일엔 사소한 변수가 있으되, 대체적으로는 무신의 손아귀 안에 있었다.

하지만, 아소카.

아니.

[……싯다르타였지. 네 옛 이름.]

싯다르타가 그를 방해하자, 꾀하던 모든 일이 봉쇄되었다.

그와 자신간의 힘의 격차가 압도적으로 크지 않았다면.

아니면 혹여, 동방삭이 세계수에 묶이지 않았다면.

싯다르타와 동방삭에게, 자신은 진작 죽었겠지.

"잊은 지 오래된 이름입니다. 싯다르타는."

아소카는 덤덤한 얼굴로, 그 이름을 읊자.

무신의 두 눈이 번뜩였다.

그래.

저 속내를 전혀 알 수 없는 표정이, 그에게는 언제나 부담이었다.

자신을 가지고 놀았던, 인류의 현자.

그는 결국 온갖 금제를 받은 채, 자신의 종이 되었지만.

아무리 시간이 지나도 그에겐 신뢰가 가질 않았다.

오히려 언제 이놈이 뒤통수를 칠까, 걱정만 될 뿐이었지.

무신의 두 눈에서 붉은빛이 한층 더 깊어졌다.

[너와의 약속이 떠오르는군. 인류의 멸망을 유예하는 대신, 네가 시간의 굴레를 무한히 움직이고.]

"무신께서 초월적인 존재가 되었을 때, 인류를 구원해 주기로 하셨죠."

[그래. 약속은 지키겠다. 내가 상시 관리자가 된다면, 인류를 구원해 주지. 적색의 불을 모두 꺼 주겠다.]

"……말씀만으로도 감사합니다."

[그러니, 경거망동을 하지 않으리라 믿겠다. 우리의 계약이 틀어지면, 인류는 절멸할 테니.]

무신은 그렇게 아소카에게 두 번, 세 번 또 다짐을 시켰다.

가장 컨트롤하기 힘든, 무신의 종 아소카.

그에 대한 불신이 기저에 깔려 있기에 나타난 행동이었다.

"명을, 받겠습니다."

그리고 아소카는 그런 무신의 앞에, 무릎을 꿇고 고개를 숙였다.

입가에는 묘한 미소를 머금은 채로.

* * *

[초심자의 아레나 5승 0패! 승승장구하는 인류 대표팀, 그 선두에는 전사 롤을 수행하는 윤세아가 있다.]

[올해가 중급 종족으로 갈 적기? 성지한의 토너먼트에서도, 진화 보너스가 나온다고 알려져]

[군림 성좌 아소카, 모든 경기를 1초 만에 끝내다.]

[아소카의 진명은? 인도 신화의 신들이 총망라돼]

요 며칠간, 세간의 관심을 가장 많이 받는 주제는.

초심자의 아레나와, 성지한의 토너먼트였다.

처음에는 인류에게 진화 보너스를 벌어다 줄 수 있는 초심자의 아레나가 주목도가 더 컸지만.

군림 성좌 아소카가 매번 경기를 번쩍하면 끝내는 기염을 토하면서, 대체 이 사람이 누군지에 대해 사람들의 궁금증이 커지고 있었다.

"아, 오늘 삼촌 경기 봐야 하는데 아쉽네. 하필 초심자의 아레나랑 같은 시간에 편성이야."

"빨리 끝내고 와서 보면 되지."

"근데 전륜성왕이 번쩍거리면 끝나는 거 아냐?"

이제는 아소카를 아소카라고 부르지도 않는 윤세아.

"넌 전륜성왕 설을 미는 거냐."

"응. 삼촌이 불교 관련 같다고 했잖아. 근데 부처님은 좀…… 그런 해골 띄울 거 같지 않거든."

"난 당신 붓다냐고 물어볼 건데."

"아 진짜? 왜?"

"그냥 느낌이 왔어."

"오, 삼촌의 감 발동한 거야?"

그간 성지한의 감이 얼마나 정확한지 옆에서 지켜봤던 윤세아는, 그 말을 듣곤 눈을 크게 떴다.

무시무시한 해골 수레바퀴를 굴리는 사람이, 부처님이라니.

[근데 지한아. 번쩍이는 거 대처할 방법은 찾았니? 그 손, 빼앗기면 어떻게 해?]

"맞네. 생각해 보니까 부처님이든 전륜성왕이든 중요한 게 아니네. 삼촌 아기 때로 돌아가게 하면 어떻게 해?"

상대를 탄생했던 때로 되돌리는 아소카의 시간역행.

지금까지 모두 1초컷을 했던 그 압도적인 권능에서, 일단 저항하는 수를 찾아야 했다.

"뭐, 수련실에서 그것에 대한 대처방안을 연구 좀 해봤어."

"오, 삼촌 해설하러 가는 와중에도, 다 대책을 세워 놨구나."

"어, 이대로 손을 빼앗길 수는 없잖아?"

아소카가 토너먼트에 나온 이유가 적멸을 맞기 위해서이긴 했지만.

성지한은 그 말만 믿진 않고, 최악의 경우를 대비했다.

아무런 준비 없이 경기 나섰다가 시간역행 당해서 손 빼앗기면 큰일이니까.

'회광반조를 통해, 시간역행에 저항한다.'

아직도 이해가 가지 않고, 의문점이 많은 무공 멸신결 회광반조.

하나 성지한은 아소카의 권능을 보면서, 회광반조가 이에 대항할 수단이 될 수 있음을 깨달았다.

물론.

'이것도 근거는 없는 감이긴 하다만.'

성지한에게 언제나 살길을 제시해 주었던 '감'.

벌써 지금까지 여러 번 신세를 졌던 그 직감은, 이번에도 회광반조가 아소카의 권능에 대항할 키임을 알려 주고 있었다.

그때.

지이이잉…….

[스페이스 아레나로 곧 소환됩니다.]

성지한의 눈앞에, 메시지창이 떴다.

이제 시작되는 건가.

"나 간다. 세아야. 연승 행진 이어 가라."

"응 삼촌~ 상대한테 대놓고 물어보지 말고 잘 찔러 봐~"

잘 돌려서 말해서, 상대의 정체를 캐내라는 거군.

번쩍!

메시지창이 사라지자, 성지한은 스페이스 아레나로 소환되었다.

드넓은 경기장 내부.

건너편에는, 토너먼트의 우승자인 아소카가 고요한 눈으로 성지한을 가만히 바라보고 있었다.

'그에겐, 돌려 말해 봤자 어차피 다 파악당할 거 같은데.'

상대를 보자마자, 이를 직감한 성지한은.
“아소카, 하나 좀 물어보지.”
“말해 보게.”
“당신의 정체…… 붓다인가?”
그냥 대놓고 물어봤다.

* * *

—아니 이건 너무 돌직구인데 ㅋㅋㅋㅋ
—아소카 = 부처님 설로 가는 거임?
—아 이건 아닌 거 같은데…….
—ㄹㅇ 힌두교신이라니까.

성지한의 말에, 폭발적으로 반응하는 인류의 채팅창.
아소카는 슬쩍 웃더니, 그에게 대답했다.
“아니다만.”
“정말이냐?”
“내가 굳이 네게 거짓말을 할 이유는 없지.”

—그래 무슨 부처님이 해골 띄우고 있어 ㅋㅋㅋ
—이제 남은 리스트를 말해 봅시다.
—시바신 한 표.
—신은 좀 그렇지 않음? 인간이어야지

-라마 가자.

아소카의 부인에, 성지한은 미간을 좁혔다.

깨달음 이야기를 하는 걸 보면 확실히 불교랑 연관이 있는 줄 알았는데…….

"그럼 힌두교 쪽이냐? 아니면 전륜성왕?"

"다 아니네. 나는 그렇게 추앙받는 이가 아니지. 그래. 차라리 아소카 왕으로서의 내가, 가장 존경받았을 터."

"하지만 아소카 전에도, 분명히 활동은 했잖아?"

"그전의 이름이 듣고 싶은가?"

"어, 궁금증 좀 풀어 주지 그래. 지금 60억 인류가 다 네 정체를 궁금해하고 있어."

"네가 조장한 거겠지."

뭐 그렇긴 한데.

아소카는 그런 성지한을 보더니, 싱긋 웃었다.

"이름이 그리 궁금하면, 알려 주겠네."

"오, 진짜?"

"그래. 궁금증이 해소되기 전엔, 적멸을 사용하지도 않을 것 같으니."

그러며 아소카는 입을 열었다.

"그전에 하나 묻지. 붓다의 생전 이름에 대해 아는가?"

"그건……."

성지한이 생각하기도 전에, 채팅창에 하나의 이름이 계

속 떠올랐다.

–사리푸트라예요.

–사리불 ㅇㅇ

–근데 부처님 여러 명 아님? 아미타불이나 미륵불도 그렇고.

–그래도 불교의 종사는 사리푸트라 맞잖아.

사리푸트라.

그것이, 불교를 창시한 인물의 이름이었지.

"……사리푸트라다."

그 이름을 들은 아소카가 진하게 미소를 지었다.

"그래. 붓다의 본명은 사리푸트라. 나 '고타마 싯다르타'와는, 전혀 관련이 없다네."

"고타마 싯다르타…… 그게 네 이름인가."

"그래. 별로 유명하진 않네. 차라리 후대의 이름, 아소카가 훨씬 더 알려졌지."

스윽.

그러며 아소카는 채팅창이 있는 쪽을 향해, 손가락을 가리켰다.

"사람들도 그리 알고 있지 않은가?"

그의 말대로.

–고타마 싯다르타?

-누구지? 검색해 봐도 별거 안 나옴.

-아소카 이름 쓰는 이유가 있었네.

-그니까 ㅋㅋㅋ 조금이라도 더 유명한 이름 써야지.

시청자들은 이 이름을 처음 듣는다는 듯, 반응하고 있었다.

"흠. 권능이 워낙 뛰어나서, 대단한 이름이 나올 줄 알았는데."

성지한의 말에, 아소카는 짙게 웃었다.

"싯다르타란 이름이 자네를 실망시켰군. 그냥 아소카라고 부르게."

"뭐 실망까진 안 했다만…… 알았다. 그렇게 부르지."

"그럼 이제 궁금증도 풀렸을 테니."

스윽.

아소카는 손가락으로, 성지한의 오른손을 가리켰다.

"내게 적멸을 쓸 차례네."

* * *

투성, 황금의 탑 근처.

"동방삭. 표정이 왜 그렇게 굳었어?"

피티아는 동방삭의 얼굴이 일그러지는 걸 보면서, 의아한 듯 물어보았다.

"……딱히 안 그러네만."

"노인네가 얼굴 찡그리니까 주름밖에 안 보이네. 뭐 보고 있길래 그래? 아. 아소카랑 성지한이 싸우는 거 보는구나. 나도 보고 있었는데."

스으윽.

동방삭이 띄워 놓은 화면을 보고는, 피티아는 고개를 갸웃했다.

"아소카의 권능 보고는 분명 대단한 이름이 숨겨진 줄 알았는데. 생각보다 싱겁더라. 그치? 고타마 싯다르타라니. 들어 본 적 없는 이름이야."

"……그렇군."

"난 그가 사실, 사리푸트라인 줄 알았어."

"성지한이 처음 이야기했던 대로 말인가."

"어. 부처 정도는 되어야지, 저 말도 안 되는 권능을 쓸 거라 봤거든."

피티아의 재잘거림에 동방삭은 겉으로는 태연함을 연기했지만.

'불교의 종사, 사리푸트라라……'

속으로는, 착잡한 마음을 애써 숨기고 있었다.

'인류의 역사 속에서 영원히 빛날 교조教祖의 영예가, 자신이 아닌 제자에게로 돌아갔구나.'

싯다르타가 자신의 제자들에 대해 이야기했을 때, 지혜로는 으뜸이라고 칭했던 사리푸트라.

하나 그는 어디까지나, 싯다르타의 제자에 불과했다.
그런데 그가 불교의 창시자가 되고.
고타마 싯다르타의 이름은 역사 속에서 사라져, 흔적이 아예 없어지다니.
'깨닫지 않겠다는 맹세에는, 부처의 길을 포기하겠다는 뜻이 담겨 있었겠지만…… 자네의 이름마저 이렇게 흔적도 없이 사라질 줄은 몰랐네. 내가 다 안타깝구나.'
뱀의 계획을 모조리 틀어막아, 그에게 마지막 방법을 결심하게 만들었던 싯다르타.
역사가 그의 노고를 모두 기록할 수는 없더라도.
찬란한 이의 이름 몇 자 정도는, 새겨줄 줄 알았다.
하지만, 아예 그 이름이 존재하지 않았던 것마냥, 그를 기억하는 이는 아무도 없구나.
실제와는 많이 다르지만, 자신의 이름 '태공망 강상'도 사서에 남았을진대.
'그런데도 자네는 아무렇지 않아 보이는군.'
교조의 영예를 제자에게 빼앗기고, 자신의 이름을 아는 이 아무도 없음에도.
아소카는 그런 것은 전혀 신경 쓰지 않은 채, 그저 적멸을 사용할 성지한의 손만을 쫓고 있었다.
자신에게 주어진, 자신밖에 할 수 없는 일을 하겠다는 태도.
동방삭은 그걸 보면서, 자신이 그와 맹세를 주고받았던

구세제민救世濟民이 떠올랐다.

'……나도, 맹세를 지키겠다.'

동방삭은 투성의 하늘을 보았다.

별처럼 자리한 성좌의 무구는, 흉흉한 기운을 뿜어내고 있었다.

무신이 무한회귀를 하는 가운데, 힘을 저장해 둔 장치들.

동방삭의 두 눈이 깊게 가라앉았다.

'이 하늘…… 기필코 나의 검으로 무너뜨리지.'

* * *

스으윽.

성지한은 약속대로 적멸을 쓰기 위해서 아소카에게 오른손을 뻗었다.

하지만.

[꼭 그에게 적멸을 써야겠음?]

'왜.'

레이저를 쏴야 할 관리자의 손이, 바로 명을 듣지 않았다.

[뭔가 느낌이 좋지 않음. 그가 우리의 대업을 망칠 거 같음.]

우리의 '대업'이라면, 적색의 관리자가 되는 걸 말하는 건가.

그게 망하면 나야 좋지.

성지한은 그리 생각하며, 관리자의 손에게 명령했다.

'괜찮아. 내 감은 괜찮댔다. 걍 쏴.'

[하지만…….]

'말 들어라.'

[후회할 거임. 분명.]

적색의 손은 그리 말하면서도, 결국 힘을 한 곳으로 모았다.

적색권능赤色權能

적멸赤滅

지이이잉……!

붉은빛이 전방으로 터져 나가고, 강렬한 빛줄기가 순식간에 아소카를 뒤덮었다.

피티아도 길가메시를 방패로 삼아서, 겨우 막아 냈던 강력한 일격.

적멸은 태극마검을 제외하곤, 성지한이 가진 가장 강력한 공격수단이었지만.

"적의 힘, 잘 응축시켰군."

아소카는 평온한 얼굴로 붉은빛의 공격을 한 손으로 받아 냈다.

–아니, 뭐임?
–같은 8레벨 성좌인데 이브랑은 하늘과 땅 차이네 ㄷㄷ
–싯다르타 더 검색해 봐야 하나?
–이미 해 봤는데 별로 나오는 게 없음 ㅡㅡ

적멸을 너무 손쉽게 막아 낸 아소카에 대해, 사람들이 또다시 의문을 품고 있을 때.
"본격적으로, 살펴보겠네."
스스스스…….
아소카의 뒤로, 두개골로 만들어진 수레바퀴.
금륜적보가 떠올랐다.
"천수천안千手千眼."
번뜩.
수레바퀴 속, 두개골의 눈에서 빛이 반짝이고.
치이이익!
붉은 수레바퀴에서, 암적색의 그림자가 사방으로 뻗어 나갔다.
총 1천 개에 달하는, 그림자줄기는.
어느 정도 확장한다 싶더니, 일제히 적멸을 향해 퍼졌다.
그리고.
'손…….'
파직!

일천 그림자는 모두 손 모양으로 변하여, 일제히 적멸의 빛줄기를 붙잡았다.

'이거, 완전히 봉쇄당했군. 적멸의 힘이 샅샅이 분해되는 느낌이야.'

뭔 놈의 레벨 8이 이렇게 세냐?

성지한이 그리 생각하고 있을 때, 관리자의 손은 더 호들갑을 떨고 있었다.

[미친……! 내가 뭐랬음! 불길하다 했잖음!]

"아냐. 아직 힘 다 안 썼잖아? 더 써. 적."

[알겠음. 능력 더 끌어내겠음!]

파파팟!

그림자에 잡혔던 적멸에서, 다시금 기운이 치솟고.

1천 개 중 일부가 여기서 떨어져나가자.

"아직 여유가 남아 있었나. 힘을 다 써야 할 걸세."

아소카는 성지한에게 충고하며, 눈을 감았다 떴다.

그러자.

번뜩!

일천 그림자에서 일제히, 빛의 구체가 떠올랐다.

그림자를 밝히는 듯하면서도, 서로 기묘하게 공존하는 빛의 구체는.

'저거 어째, 신안이랑 비슷하게 생겼군.'

피티아나, 성지아가 소환하던 신안과 흡사한 모양새였다.

그리고 그 구체가 떠오르자.

파스스스……!

강화되었던 적멸은, 아까 보다도 훨씬 빠르게 분해되고 있었다.

—뭐 저리 세 저 성좌;

—천수천안은…… 관세음보살 뜻하는 거 아니었음?

—불교 관련된 건 맞나 봐, 저 사람?

—아니 근데 관세음보살 거라기엔 너무 불길하게 생겼는데 ——

—ㄹㅇ 그림자 저거 악마의 손 같음.

관세음보살의 것이라기엔, 너무나도 불길하게 생긴 천수천안.

하나 그것의 위력은 확실했다.

전력을 다한 적멸도, 그를 뚫지 못했으니까.

'저 권능에, 나름 대처법을 찾아야겠는데.'

시간을 돌리는 건, 이쪽에서도 회광반조를 사용하는 것으로 어떻게 대처할 수 있을 것 같았지만.

천수천안은 또 달랐다.

일천 개의 팔과 눈은, 적멸을 대번에 분해하여 분석할 정도로 강력했으니.

만약 그와 싸우는 상황이라도 온다면, 저걸 이겨 낼 방법을 찾아야 했다.

[본체! 이 자는 적의 힘에 대해 너무 잘 알고 있음……! 다른 형식의 힘. 공허, 공허를 사용해야 함!]

'언젠 공허 견제하더니.'

[지금은 그렇게 여유부릴 때가 아님!]

그렇긴 하지.

스스스…….

성지한은 얼굴에서, 공허의 힘을 끌어올렸다.

아소카가 그렇게 적대적인 성좌는 아니지만, 이렇게 무력하게 당할 순 없었으니까.

그때.

[천수를 공허의 검으로 베게. 내가 자네를 압도하지 못하도록.]

성지한의 머릿속에, 아소카의 목소리가 울려 퍼졌다.

입술을 조금도 달싹거리지 않았지만, 확실하게 뜻을 전달하는 상대.

'……적의는, 확실히 없어 보이는군.'

슈우우우…….

성지한은 암검 이클립스를 피워 올려, 그 안에 공허의 기운을 담았다.

그리고 가볍게 일검을 휘두르자.

촤아아악!

적멸을 가볍게 제압하던 천수의 그림자가, 대번에 베였다.

"대처 방법을 금방 찾았군……."
그러자 안타까운 듯 나직이 탄식하는 아소카.
자기가 가르쳐 줘 놓고는, 연기도 수준급이었다.
"하나, 나에게도 수가 있다."
쿠르르르…….
금륜적보가 돌아가자, 곧.
시간이 멈추었다.
공허를 담고 있는 암검도.
적멸을 뿜어내고 있는 오른손도, 모두 움직임이 멈춘 채.
저벅. 저벅.
아소카만 멀쩡한 얼굴로, 다가오고 있었다.
[당황하지 말고, 평온한 마음으로 있게. 그러며 회광반조를…….]
그러면서 뇌릿 속에서 울려 퍼지는, 아소카의 목소리.
이번에도 아까처럼, 자신이 이를 파훼할 힌트를 알려 주고 있었다.
하지만.
스스스…….
"이렇게, 저항이 가능하군."
성지한은 아소카가 방법을 알려 주기 전에, 먼저 시간을 다루는 권능에 저항했다.
그 방법이야, 그저 회광반조를 같이 사용했을 뿐이었지만.

드륵.

그로 인해 금륜적보의 움직임이 멈추고.

파스스……!

황금 두개골 하나의 색이 붉은빛으로 바래졌다.

—뭐지? 랙 걸린 것도 아니고, 갑자기 휘리릭 하면서 진행되네.

—뭔가 화면이 일시정지된 거 같았는데…….

—오, 설마 이거 시간 돌리기 쓴 거였나?

—성지한 역시 대책이 있었네!

멈췄던 채팅창에서도, 순식간에 올라오는 채팅.

아소카는 살짝 놀란 얼굴로, 성지한을 바라보고 있었다.

그러더니.

[저번에 재능이 애매하다고 이야기한 것, 사과하지.]

예전에 태극마검 완성하지 못해서, 한참 뭐라 하더니.

가르쳐 주기도 전에 회광반조로 시간역행을 이겨 내는 거 보고 생각이 바뀌었나.

아소카는 그렇게 머릿속으로는 뜻을 보내면서도.

"손의 회수는 불가능한 것으로 판명. 주인, 두 번째 명을 이행하겠습니다."

입으론 무신의 종으로서 충실한 태도를 내보였다.

“두 번째 명?”

“그 손을, 봉인하겠네.”

그 말이 끝나기가 무섭게.

드르르륵!

금륜적보가 두 바퀴를 돌았다.

그러자, 멈춰 버린 시간.

성지한은 아까처럼 회광반조를 사용했지만.

‘이건…… 아까처럼 바로 대응이 안 되는군.’

금륜적보의 힘을 더 사용한 건지, 성지한은 몸의 제어권을 바로 찾을 수가 없었다.

스스스…….

그가 잠깐 멈춰 있는 사이, 어느덧 지척으로 다가온 아소카는.

“좀 자거라.”

툭.

손가락으로, 성지한의 손등에 있는 붉은 눈을 찔렀다.

[네가 뭐라고……! 아니. 뭐, 뭐임. 이거. 왜?]

스스스…….

처음엔 저항하나 싶더니, 금방 축소되는 적색의 눈.

눈이라기보다는, 점처럼 보일 정도로 크기가 작아지고 나서야 축소는 끝났다.

“음……!”

그리고 그때가 돼서야 제어권을 찾은 성지한은, 순식간

에 봉인된 적색의 손을 보면서 미간을 찌푸렸다.

이렇게 일방적으로 밀린 건 동방삭 이후로 간만인데.

거기에 관리자의 손은, 뭐 이렇게 쉽게 봉인되고 있어.

'……상대는, 공허에 약했지.'

성지한은 수세에서 벗어나기 위해서, 공허의 기운을 더욱 끌어올리려 했다.

하나.

"그러지 말게. 공허의 기운을 더 끌어올렸다간, 이야기할 시간이 줄어드니."

"이야기를…… 하자고?"

"그래. 자네와 나, 직접 만날 기회는 별로 없으니."

그러면서, 아소카는 두 손 모아 합장을 했다.

그러자.

쿠르르르!

경기장 바닥에서 거대한 손이 올라오더니, 두 사람의 모습을 외부에서 가리듯 감쌌다.

"이건……."

"시간을 멈추어도, 관리자들은 우리를 관측할지도 모르지. 그래서 준비했네."

이 손바닥 안에 있으면, 관리자도 여길 못 본다는 건가?

아니, 어떻게 그럴 수가 있지…….

성지한이 어처구니없다는 듯, 아소카를 바라볼 때.

"이제 준비는 다 되었으니. 이야기를 하지."
그는 자신의 손바닥 위에, 편안히 앉았다.

* * *

"……뭔 이야길 하자는 거지?"
"적멸을 분석해 보았네. 자네는…… 합일에 전혀 욕심을 내지 않았더군."
"합일이라면."
"적색의 관리자가 되는 걸 말하네."
성지한의 두 눈에 이채를 띄었다.
그도 인류 종 자체가 적색의 관리자라는 걸 알고 있었나?
한데.
"적멸을 분석한다고, 그런 것도 알 수 있나?"
"나는 알 수 있지."
"거참 잘나셨군."
"칭찬 고맙네."
여유롭기 짝이 없는 아소카를 보면서, 성지한은 봉인지의 아소카를 떠올렸다.
그는 참 예의가 발랐는데 말이지.
'그러고 보면.'
그 아소카가, 자신에게 준 물건이 있었다.

금각禁覺이 새겨진, 금륜의 조각.

성지한은 인벤토리 안에서 이를 꺼내 보여 주었다.

"이건……."

"봉인지에서 만난 네가 나에게 준 물건이다. 미래의 자신에게, 금각의 맹세를 잊지 말라 전하라더군."

"금각…… 억겁의 세월 속, 그 맹세는 단 한 번도 잊은 적이 없다네."

"그래?"

"맹세를 잊고 깨달음을 얻었다면, 나 싯다르타가 붓다가 되었을 테고…… 제자 사리푸트라의 자리를 대신했겠지."

성지한은 진지하게 말하는 아소카를 보면서 어처구니가 없었다.

아니, 자기가 뭐라고 깨닫기만 하면 부처 자리를 대신한대.

"하…… 넌 내가 불교 신자가 아닌 걸 감사해라."

"후후. 그거 아쉽군. 그 안에는 참으로 좋은 말씀이 많은데 말이지."

아소카는 그 말을 듣고는, 그 어느 때보다 즐거이 웃었다.

그러더니.

"잠깐, 그 물건을 건네주겠는가."

"왜?"

"과거의 내가 한 것이라 엉성하군. 좀 더 완성시켜 주겠네."

업그레이드는 환영이지.

성지한은 아소카에게 금각이 새겨진 금륜 조각을 넘겨주었다.

그러자.

지이이잉…….

금륜조각은 작은 황금의 바퀴로 변했다.

"이제, 한 번 시간을 되돌릴 수 있네. 자네 정도면, 하루 전까지는 가능할 거야."

"……이걸로?"

"그래. 위험할 때 이걸 부수면 되네."

시간을 하루 전으로 돌리는 기물을, 이렇게 손쉽게 뚝딱 만들어 내다니.

성지한은 아소카가 보이는 놀라운 권능을 보며 생각했다.

'깨닫기만 했다면 부처 사리푸트라의 자리를 대신할 수 있다던 게 허풍만은 아닌 건가…….'

그랬다면, 부처의 본명은 고타마 싯다르타가 되었겠군.

성지한은 완성된 금륜을 가만히 바라보던 아소카에게 질문했다.

"당신…… 아쉽지 않나?"

"뭐가 말인가."

"부처가 안 된 거."

"전혀."

스읏.

아소카는 성지한에게 금륜을 넘겨주면서, 진지한 눈으로 물어보았다.

"그런 자네야말로 아쉽지 않나?"

"나? 난 그런 거 없는데."

"그런 게 없다니. '적색의 관리자' 자리가 있지 않은가."

"아, 그거."

합일에 왜 욕심내지 않느냐고 하더니, 또 물어보네 이 주제로.

손도 봉인되었겠다.

성지한은 본심을 털어놓았다.

"60억 인류를 다 태워야 관리자가 되는데, 그걸 미쳤다고 하겠어?"

"관리자가 되면, 태웠던 인류를 다시 살릴 수 있어도?"

"오…… 그래?"

관리자가 대단하다고 하더니, 그런 것도 가능했어?

"관리자의 권능으로는 충분히 가능한 일이지. 소멸했던 이들의 신체정보를 가져와, 똑같이 복제할 수 있네."

"복제라…… 그럼 원래 사람과 완전히 똑같진 않은 거 아닌가?"

"본인이 아니고, 타자의 시선에서야 똑같은 거나 다름없지."

그거야 그렇지만.

성지한은 생각했다.

'누군가가 날 죽이고, 그런 과정으로 다시 날 복제해서 살리면…… 그게 진짜 나라고 할 수 있겠나.'

남들이 보기에야 복제인간이 원래랑 똑같으면 그러려니 할지 모르지만.

죽는 입장에서는, 목숨은 하나다.

자신의 여분 복제인간이 있든 없든, 그런 건 중요하지 않지.

"그렇게 살리는 거면 안 해."

"그런가……."

"그래. 남들은, 뭐 그렇다 쳐도. 내 가족이 그렇게 죽었다가 부활하는 꼴은 못 보겠거든."

"결국은, 가족 때문인가? 관리자를 포기하는 이유가?"

"뭐 그렇게 되는군…… 왜. 문제 있나?"

아소카는 즐거이 웃으면서, 고개를 저었다.

"아니. 전혀 문제없다. 자네야말로…… 내가 기다려 온 사람이야."

"가족 살리겠다고 하는 사람을, 왜 기다렸다고 하는지 모르겠군."

성지한의 의문에, 아소카가 손가락을 하나 폈다.

"자네가 대의를, 인류를 온전히 위하는 사람이었다면, 결국에 적색의 관리자가 되었을 것이고."

"……."

"자네가 자신만을 아는 사람이었어도, 적색의 관리자가 되었겠지."

인류를 생각해도 적색의 관리자가 된다니.

성지한은 그 말이 무슨 뜻인지 왠지 알 것 같았다.

'인류가 재탄생한 목적 자체가 적색의 관리자가 상시 관리자로 올라서기 위한 거였으니까. 관리자로의 합일은 종의 비원이라고 할 수 있겠지.'

그리고, 나만 아는 사람이면 옳다구나 하고 관리자 되자고 세계수에 불 지를 테고.

그래서 가족을 챙기겠단 걸 보며, 이런 사람을 기다렸다고 한 건가.

'뭐, 어찌 됐든.'

중요한 건 이게 아니지.

"그래서, 기다린 사람 왔는데 앞으로의 대책은 뭐 있나?"

"대책이라."

"그래. 일단…… 무신은 얼마나 강한 거지?"

아소카도 협조하겠다고 나오니, 성지한은 정보부터 수집하기로 했다.

"무신…… 그의 재능은, 자네만 못하다."

"애매한 재능이네. 나보다 아래면."

"그래. 무신이라는 칭호가 아까운 존재지. 하지만, 그렇다고 그를 얕보아서는 안 되네."

스스스…….

성지한의 눈앞에, 하나의 구체가 떠올랐다.

울퉁불퉁한 암석 표면으로 이루어진, 황량한 돌덩이.

"이건……."

"투성이네. 달보다도 훨씬 작은, 무신의 별이지."

지이이잉.

아소카의 말이 끝나기가 무섭게, 돌덩이의 주변에 작은 빛이 반짝이기 시작했다.

투성을 중심으로, 별처럼 새겨진 그 물건은.

자세히 보니, 예전에 성지한이 투성에 가서 보았던 성좌의 무구였다.

"……성좌의 무구인가. 이거."

"그러네. 투성에 와 본 적이 있는가?"

"가 봤지. 당신이 잠들어 있을 때 무혼 관련해서 말이야."

성지한은 그러며, 그때의 일을 간략히 이야기해 주었다.

동방삭이 무혼을 포기하면, 성좌의 무구를 준다고 했지만.

"난 그 제안을 거절하고, 별의 능력을 택했지."

"그때 성좌의 무구를 택했다면, 자넨 무신에게 영원히 귀속되었을 거야."

지이잉.

성좌의 무구가 확대되자, 아소카는 이를 툭툭 두드렸다.

"저번에 이야기했지. 이 안에는, 무신의 회귀 전 힘이 저장되어 있다고."

"그래…… 그에 관해선 네게 들었지."

"무신은 이 힘을 모두 자신에게 온전히 집중시킬 수 있다. 그럼, 순간적으로 그가 사용할 수 있는 힘은 관리자에 필적하지."

"관리자에 비교될 정도인가."

"무한한 회귀 속에서 차곡차곡 모아 온 힘이다. 그 정도는 되지. 그리고……."

화면이 바뀌고.

확대된 성좌의 무구는 다시 작아지고, 이번엔 투성이 클로즈업되었다.

"이 암석 덩어리 안에서도. 거대한 기운이 숨겨져 있어."

"투성 자체에도?"

"그래. 성좌의 무구뿐만이 아니라, 이 별에도 그는 힘을 저장한 것 같다."

스르르륵.

투성이 180도 돌아가더니, 거대한 황금의 탑을 비추었다.

"예측컨대, 길가메시와 피티아가 이와 관련되어 있을

거야."

"그 둘이?"

"그래. 나는 무한회귀 속에서, 매번 봉인되어 있는 상태였기에 확실히 알 수는 없지만…… 저 황금의 탑에 무신의 안배가 숨겨져 있을 거네."

"길가메시 그놈은 끝까지 이용만 당하네."

"영생을 원했던 그의 업보지."

아소카가 차게 말하며, 정리를 했다.

"결국 무신의 힘의 근원은, 성좌의 무구와 황금의 탑이니."

"음."

"성좌의 무구는 동방삭이 해결할 테고, 황금의 탑은 내가 무너뜨리겠네."

"어…… 그래?"

무신의 힘의 원천이 그 두 갠데, 동방삭과 아소카가 하나씩 맡아 주면…….

"그럼 난 할 일 없지 않나?"

"아니. 우리는 반기를 들자마자, 금제에 의해 바로 죽을 터. 힘의 원천을 모두 제거하긴 불가능하네."

"흠…… 그럼 남은 걸 처리하라는 건가. 나한텐."

"그러네. 쉬운 싸움은 아니겠지만, 자네라면 승리를 거둘 수 있을 거야. 다만."

"다만?"

"그 전에, 전제 조건이 필요하지."

뭔 조건?

성지한이 눈썹을 꿈틀거리자, 아소카가 자신의 가슴을 손가락으로 가리켰다.

"적색의 관리자가 인류에게 심은 불을, 꺼야 하네."

"적색의 불을…… 어떤 방법으로 끄라는 건가?"

"적색이 아닌, 새로운 관리자가 되면 되네."

"관리자가 되라고? 이그드라실이 했던 이야기와 흡사하군."

"호오. 이그드라실이 뭐라고 했는지, 알려 줄 수 있겠는가?"

성지한은 이그드라실이 자신에게 했던 이야기를 그에게 들려주었다.

놀라운 업적을 보이면, 임시 관리자로 만들어 주겠다고 했던 이그드라실의 제의.

"자네가 대성좌를 이기고, 관리자에 올라서서 적의 인자를 제거한다…… 내 생각도 비슷하네."

"이그드라실이 맞는 말을 할 때도 있군."

"나는 여기서, 관리자가 되었을 때 적의 인자를 제거할 수단을 알려 주겠네."

"흠, 관리자에 오르면 끝이 아니었나?"

"임시로 올라선 관리자가, 적의 잔재를 없애는 일이 그리 쉽진 않겠지. 거기에 이그드라실의 말을 모두 믿기엔,

신뢰가 없지 않나."

"하기야 그렇지."

성지한은 고개를 끄덕였다.

이그드라실이 자기보다 적색의 관리자가 먼저 상시로 올라갈까 봐, 그에게 정보를 건네주긴 했지만.

그래도 세계수 엘프는 기본적으로 믿어선 안 될 족속이지.

"그럼 네가 생각한 방법은 뭐지?"

성지한의 물음에, 아소카가 묘한 웃음을 지었다.

"흠…… 혹시나 해서 물어보겠네만."

"뭘?"

"불교의 가르침에 대해, 관심이 있는가?"

* * *

갑자기 뭔 소리야.

"아니, 전혀 없는데."

"아쉽군. 관심이 있다고 했으면, 내가 직접 가르쳤을 텐데."

아소카가 자기 입으론 부처 사리푸트라의 스승이라고 했으니.

혹시라도 배우면 불교의 시초에게 배우는 거나 다름없는 건가.

그래도.

"종교엔 관심도 없고, 지금 여유도 없어."

본인이 싫으면 그만이지.

"그럼 어쩔 수 없군. 약식으로 하는 수밖에."

스으윽.

아소카는 그 대답을 예상했다는 듯, 그에게 나뭇잎 하나를 건네주었다.

"이건 뭐지?"

"보리수의 잎이네. 이를 씹으면, 잠시 무아無我를 체험하게 해 줄 것이네. 그것이 적색의 불을 끄는 데 도움을 줄 거야."

"준비 참 철저하군."

"이날이 오기만을 기다렸으니까."

성지한은 자신을 위해 이것저것 꺼내 주는 아소카를 보면서, 생소한 기분이 들었다.

매번 인류에게 버스를 태워 주기만 했는데, 어째 이렇게 케어받는 건 낯선 느낌이군.

'그래도, 그 덕에 문제 해결 방안이 나와서 다행이네.'

아소카가 길을 제시해 주지 않았다면, 많이 헤맸겠지.

성지한이 이 버스 승차감이 좋네 하고 생각하고 있을 무렵.

투두둑…….

둘을 가리던, 거대한 손에 서서히 금이 가기 시작했다.

"이거, 시간 다 된 건가."

"그래. 오래 버텼지."

손이 부서지는 걸 지켜보던 아소카는, 성지한의 검을 가리켰다.

"그럼, 날 검으로 찔러 주게."

"……이거로?"

"멀쩡한 모습으로 돌아가면, 무신에게 의심을 사니까."

괜히 건들면 안 될 사람, 건드는 거 같은 느낌이라 뭔가 찝찝한데……

"알았다."

푹!

그래도 성지한은 아소카의 말대로, 충실히 검을 꽂았다.

그러자.

바스스스……!

둘을 가리던 손이 부서지며.

—오…… 오…… 뭐지. 분명 멈춰 있었지?

—ㅇㅇ; 갑자기 화면이 찌르는 장면으로 바뀌네.

—뭐야 이거 ㅋㅋㅋ

—둘이 시간 속에서 싸운 거 아닐까?

—그래도 성지한이 찌른 거 보니까 이기긴 한 듯.

멈춰 있었던 채팅창에서 글이 올라오기 시작했다.

"크……."

저벅. 저벅.

가슴을 부여잡으며, 뒤로 물러서는 아소카.

하나 그의 입가엔 미소가 지어져 있었다.

"……손의 봉인은, 완료되었다."

그가 보고 있는 건, 성지한의 오른손.

시청자들은 그 말을 듣고는, 화들짝 놀랐다.

-뭐? 봉인?

-헐, 오른손에서 눈알 안 보임 ㄷㄷ

-이제 레이저 못 쏘는 건가…….

-레이저 못 쏘는 게 문제겠음? 힘이 완전 약화된 거나 다름없는데…….

-대체 어떻게 싸웠는질 모르니 원 ㅡㅡ;

성지한을 걱정하는 인류와.

-이러면 토너먼트 의미가 없지 않나?

-아니, 봉인은 풀라고 있는 법. 손만 가져가면 다 방법이 생긴다.

-오히려 성지한을 이기기에는 더 쉬워졌지.

-그러네. 저 팔 아니면 레벨 8 성좌로도 충분히 압도할 수 있을 테니까.

-이거 토너먼트 경쟁률 더 박 터지겠는데?

손의 봉인이 야기할 후폭풍을 예측하는 외계의 시청자들.

사아아아…….

그리고 아소카의 몸이, 먼지가 되어 사라지자.

[토너먼트 최종전에서 승리했습니다.]

[특별 보상, '종족 진화 보너스'가 주어집니다.]

[화속성 친화도가 +1 상승합니다.]

[체력이 +3 상승합니다.]

아레나에서는, 종족 진화 보너스를 바로 퍼주기 시작했다.

* * *

[성지한, 토너먼트에서 승리하다!]

[또다시 얻은 화속성 진화 보너스. 수속성 마법사도 높아진 친화도로 불의 마법을 배울 수 있게 돼.]

[토너먼트 상대, 고타마 싯다르타란? 기록에 따르면, 인도의 소왕국 왕자로 알려져.]

[중급 종족으로의 진화는 언제? 전문가들, 이 속도라면

올해 안에 될 수도 있다고 기대.]

“와, 우리 초심자의 아레나 소식은 거의 없네……! 내가 또 맹활약을 펼쳤는데!”

윤세아는 토너먼트와 관련된 기사를 살피며, 입을 삐죽였다.

역시 삼촌한테는, 화제성에서 안 되네.

“며칠 전만 해도 다 초심자 아레나 기사만 나왔잖아. 욕심이 과하다.”

“뭐 그렇긴 하지만…… 매일 포털 메인에서 내 얼굴 보다가 사라지니까 아쉽네. 삼촌, 근데 그 손은 어떻게 해?”

“이거?”

“어. 우리 레드, 봉인되어 버렸잖아.”

툭툭.

윤세아는 성지한에게 다가가, 그의 손등을 툭툭 쳤다.

이제는 점처럼 작아진 붉은 눈.

여기엔 예전 같은 생명력이 느껴지질 않았다.

“아소카…… 그 사람은 뭐 칼에 찔리면서까지 이걸 봉인하고 있어. 그렇게 우리 레드가 밉나?”

“……근데 왜 아까부터 이걸 레드라 그러냐?”

“붉은 눈보단 귀엽지 않아?”

“여기서 귀여움을 느끼다니. 우리 조카 취향도 많이 이상해졌네.”

"애, 삼촌 거실에서 쉬고 있을 때 나 좀 빤히 바라보곤 했거든. 그래서 이름을 지어 줘야겠다 생각했어."

"……그래?"

"응."

성지한은 미간을 찌푸렸다.

이 자식이 아무 이유 없이 세아를 주시하진 않았을 거 같은데.

'잘 봉인됐네. 이거.'

성지한은 그리 생각하면서 자신의 몸 상태를 살폈다.

손이 봉인되긴 했어도, 그간 올랐던 스탯 적의 수치는 변함이 없었다.

대신, 예전처럼 손에서 계속 추가적으로 스탯을 얻어 가긴 힘들겠지.

'적멸을 사용할 수 없게 되었으니. 이제 적의 활용방안에 대해서 더 생각을 좀 해 봐야겠네.'

엄청나게 오른 것치고는, 활용처가 애매했던 스탯 적.

이걸 써먹는 방법을 알아야, 추후 있을 무신과의 전투에서도 활용할 수 있겠지.

성지한이 그렇게, 스탯 적에 대해 생각하고 있을 때.

[보…… 본체…… 내가…… 뭐랬음…… 불길…….]

성지한의 뇌리로, 손의 목소리가 미약하게 들리기 시작했다.

[봉인…… 풀어야…….]

이놈 참, 생명력 하나 끈질기네.

성지한은 그리 생각하면서도, 태연히 그에게 대꾸했다.

'봉인 어떻게 푸는데?'

[절대무기를, 만들면 됨…….]

절대무기?

이건 흘려들을 수 없겠군.

'어떻게 만드는데. 그 절대무기.'

[적멸을, 무기에 담아 갈무리하면 됨…… 그거로, 봉인을 풀 수 있음……!]

'호오.'

성지한은 그 말을 듣고 미소를 지었다.

'자세히 이야기해 봐. 그 무기 만드는 법.'

능력, 써먹을 데가 생겼네.

(2레벨로 회귀한 무신 20권에서 계속)